集英社オレンジ文庫

私のなかの殺人鬼

梨　沙

本書は書き下ろしです。

Contents

私のなかの殺人鬼

The Killer in Me

0

いやだ、いやだ、いやだ。

わたしは必死になって訴える。やめて、お願い、と。

だけどその男は、笑いながら近づいてきた。

「親子なんだからいいだろ？」

親子なんかじゃない。あんたなんか知らない。近づかないで。こっちにこないで。わたしを見ないで。話しかけないで。

気持ちが悪い。

「おい、こっちにこい」

大きくてぶよぶよした手が伸びてきて、わたしはとっさにそれを払った。するとその男は目を血走らせて怒鳴ってきた。

「父親にむかってなんてことするんだ！」

父親？　違う。こんな男、わたしのお父さんなんかじゃない。こんな汚らわしい生き物なんて、わたしは知らない。

「じっとしてろ！」

いやだ。

もう一度伸びてきた手がわたしの肩をつかむ。慌てて振り払おうとしたけれどうまくいかない。めちゃくちゃに暴れたら、足がテーブルにぶつかってバランスを崩してしまった。ドスンと音をたて、わたしの体が勢いよく床に転がる。布製のクローゼットが二つ、古びた和箪笥《わだんす》が一つ、なんだかよくわからない変な置物がぎっしり入ったキャビネットが二つ。それらが、ぐうんっと頭上に伸びていくようにわたしを見おろしている。

そこに、あの男が割り込んできた。

「おとなしくしてろ」

生臭い息を吐きながら、うわずった声で命令する。わたしはとっさに手にあたったものをつかみ振り上げた。キラキラと午後の光を反射するガラスの器《うつわ》――それは、重くてゴツゴツしたガラスの灰皿だった。男の顔めがけて振り回すと、指先に鈍い音が伝わってきて、大きな体が無様に倒れ込んできた。

わたしは息を乱しながら男の下から這《は》いだした。

やった。やってやった。とうとうこの男から解放される。歓喜に顔を紅潮させ立ち上がろうとした。けれど、ぶよぶよの手がわたしのスカートをつかむのを見て、顔からいっきに血の気が引いた。

「クソガキが。人が下手《したて》に出てれば調子にのりやがって」

男が顔を上げる。血まみれだ。でも生きてる。

怒《いか》りに顔をどす黒く染め、男はわたしのスカートを強く引っぱった。

強く、強く、強く。

心臓がぎゅっと恐怖で縮こまる。迫ってくる醜《みにく》い顔、気持ちの悪い体温、荒々しい息、粘ついた視線、閉め切った部屋のよどんだ空気。

ああ――。

わたしの悪夢は、いつ終わるんだろう。

1

意識がふわふわと宙をただよう。まるで風船みたいだ。私の体は空気に溶けて、真っ暗な空に吸い込まれていく。

ぽつんと足下に明かりがともった。気持ちよくゆらめいていた意識が急速にそこに集められていく。せっかくいい気持ちだったのに邪魔をして。そう思ったら腹が立って文句の一つも言いたくなった。だから、じっと目をこらした。

誰かいる。

一人……違う、二人だ。たった一つの街灯は、田舎らしくひどく頼りなく、彼らをすっかり影絵に作り替えていた。なにか話しているようだけどうまく聞き取れない。でも、揉《も》めているのは伝わってくる。

声の代わりにジージーと耳につくのは虫の音《ね》だった。〝竹やぶの道〟と呼んでいるその場所は、左手に竹林、右手に畑が続く田舎道だ。二人の話を聞こうと耳をすますのに、虫の音と葉音、じっとりとした空気がすべてを塗りつぶしてしまう。

影絵の一方は背が高く、がっしりした体型で男の人みたいだった。もう一方はぶかぶかの服を着ていて性別不明だ。小柄だから女の人かもしれないけど、若い男かもしれない。どんなに目をこらしても短髪でパンツルックってこと以外わからない。

小柄なほうの手が持ち上がった。なにかがキラリと街灯の光を弾く。星屑《ほしくず》みたいだ。ファンタジーに出てくる魔法使いみたいに、その手に光を捕まえているんだ。私は少しうっとりした。

刹那《せつな》。

視界が切り替わった。どこからか血のにおいがただよってくる。

気づけば私は何度も腕を振り上げ、握った包丁を目の前にある白いワイシャツに突き立てていた。どこにでも売っている安っぽい万能包丁は、ワイシャツすら貫けずに止まってしまう。だけど、強く強く体ごとぶつかったら感触が少し変わった。包丁の侵入をかたくなに拒《こば》んでいたシャツは、先端が生地を裂くとようやく抵抗をあきらめたらしい。急に手《て》応《ごた》えが変わって、包丁が布の奥にズブズブと沈み込んでいった。包丁を引き抜いてもう一度突き立てる。今度は簡単に刺さった。次は失敗。でも次は成功。指先には、生々しい肉を裂く感触と、ときどき硬いものにぶつかるような振動が伝わってくる。

なんて愉快な感覚なんだろう。

ワイシャツに次々と穴があいていくのが面白い。穴の周りに赤が広がっていく。空気の密度が濃くなり赤が増える。どんどん増える。思い出したように後ずさる男の胸は、真紅の薔薇《ばら》を抱きしめたみたいに鮮やかに赤い。

それが滑稽《こっけい》で、喉《のど》元まで笑いが込み上げてきた。

顔を上げて男を見た。

眉をハの字に曲げ、黄色く濁《にご》った目に涙を浮かべ、浅黒い肌に脂《あぶら》汗をかきながら唇をわななかせている。

気持ち悪い中年男の顔だ。

誰だっけ、こいつ。なんでこんなことになってるんだっけ。よくわからない。わからないけど、どうでもいいや。だって、気持ち悪いんだもん。地肌が見えるくらい薄い頭髪も、ヨレヨレのシャツとズボンも、ささくれの目立つ黒ずんだ指も、なにもかもが不愉快。

中年の男ってだけで万死《ばんし》に値《あたい》する。

そうだ。こんなやつら滅びればいいんだ。滅ぼしちゃえばいいんだ。

私は微笑《ほほえ》んで包丁を持つ手をなぎ払った。

舞い上がる血しぶきが街灯にきらめく。

いっそう濃くなる血のにおい。

声をかける。私じゃないみたいに低い声が出た。

「バイバイ」

男は大きく目を見開いてよろよろと逃げるように後ずさり、出来損ないの人形みたいにその場に崩れ落ちた。

アスファルトが黒々と濡《ぬ》れていく。

光をわずかに反射して、血だまりがとてもきれいに輝いていた。

私は達成感に胸を膨らませ、そして。


はっと目を開ける。

口を大きく開けているのになかなか酸素が肺まで届かない。まるで、喉の途中で詰まってしまったみたいに。体をくの字に曲げ、両手で胸を押さえ、何度も呼吸を繰り返すうちにようやく少しずつ空気が動き出した。

胸に押しあてていた拳《こぶし》は爪が食い込むほど固く結ばれていた。開けるとしっとり湿っている。パジャマ代わりのTシャツと短パンも汗に濡れていた。手のひらにいやな感触が残っている。包丁で貫いた重い肉の感触と、その先にわずかに響いた、あれは、きっと、心臓の——。

ぞわっと鳥肌が立った。

むせ返るような血のにおいと絶望する男の両の目。開いた口からこぼれ出る血の泡と引きつった呼吸。生々しい記憶がいっせいに私に襲いかかってきて心臓がバクバクと胸の奥で踊る。包丁で触れたのと同じ忙《せわ》しないリズムでステップを踏んでいる。

赤く裂けたシャツから肌が見えた。亀裂《きれつ》のように深く傷つけられた肌の奥に白いものがあって、その奥に膨らんではしぼむ器官が見え隠れする。

胃の奥からなにかがせり上がり、私は慌てて口を押さえた。唾《つば》を飲み込み、吐き気をこらえる。何度呼吸を繰り返しても肺から血のにおいが消えない。

「なに、あの夢」

夢？　本当に？

夢にしてはリアルだし、出てきたのはいつもママがお店に行くとき通る、私もよく知る道だった。竹やぶと畑に挟まれた片側一車線の狭い道で、お店を通り越してさらに進むと小さくて古いＩ駅しかない閑散《かんさん》とした場所だ。Ｉ駅は、主要駅であるＫ駅から七つ離れ、各駅停車の電車が停《と》まるだけだから利用者も少ない。駅近くにあるコンビニも、いつ行ってもガラガラだ。

私は両手を見る。指先が小刻みに震えていた。手のひらに——指と爪のあいだに血が残っていても不思議じゃないくらい鮮明な夢に混乱する。

繰り返しシャツにこすりつけて肉の感触をこそげ落とし、改めて丹念に両手を調べる。

血の跡はない。肉の感触も取れた。

それなのに指先の震えが止まらない。吐き出す息まで震える。

ぎゅっと目を閉じると、また男の顔がよみがえった。

だめ。息ができない。

誰か——。

「ななちゃん、起きた？　ごはん作って!!」

ドア越しにごそごそと物音がして、ママの声が聞こえてきた。

あ。

そうだ。朝だ。ママのいる時間帯だ。

カーテンの隙間《すきま》から日が差し込んで、部屋がうっすらと明るいことにようやく気がついた。

「ななちゃんまだ寝てる？」

「お、起きてる！　ちょっと待って！」

ドアをどんどん叩いて尋ねてくるママに、私は慌てて返事をする。

ママは料理が嫌いだ。三十二歳にもなって、十五歳の娘にごはんをねだる程度には大嫌いだ。「すぐ用意するから」と声をかけ、深呼吸をしてから起き上がり、改めて部屋の中を見回す。ここは暗い夜道じゃない。２ＤＫの安アパートの一室。クローゼットや収納ボックス、ノートパソコンが置かれた机、クッションやぬいぐるみがごちゃごちゃ転がっているベッドがある私の部屋だ。収納ボックスの上を見る。ママのファンからもらったゆらゆら揺れる真鍮《しんちゅう》の置き時計は、長針も短針も十一をさしている。

カーテンの外はギラギラとした太陽が容赦《ようしゃ》なく世界をあぶっていた。

窓を開けて室内の湿った空気を追い出そうと思ったら、代わりに熱気が入ってきた。

七月中旬――暑さのせいで、夢見が悪かったんだ。

溜息といっしょにいやな気持ちを体から追い出し、クローゼットから引っぱり出した水玉模様のワンピースに着替えて自室を出た。

「ななちゃん、ママお腹《なか》すいたー。昨日も遅かったの！　お家《うち》帰ってきたの四時すぎてたの！　超頑張ってたの!!」

ママが元気に訴えてくる。

「スナックは夜の九時から翌朝の四時まででしょ。普通じゃん」

ママはスナックの〝雇われママ〟だ。開店準備から閉店作業まで一人でこなしている、なんて言えば多忙を極めているように聞こえるけれど、実際には、水割りはお客さんが勝手に作ってくれるし、出すのは全部乾き物だし、なんならお客さんが片付けまでやってくれる。ママはそれをカウンターの前に置かれたスツールに腰かけ、笑いながら見ているだけ。わりと楽勝な仕事だと思う。お客さんはみんなママのファンだから、店の中で、ママは女王様気取りなのだ。

バシャバシャと適当に顔を洗い、タオルで拭きながらママを見る。

「目玉焼きとベーコンでいい？」

「スクランブルエッグとカリカリのベーコン！　サラダとヨーグルトも！」

「はいはい」

「わーい、ななちゃん大好きー」

まだ酔っ払っているみたいに、ママは体を左右に揺する。パーマをかけたゆるふわな髪が、ママの細い肩からさらさらと流れていく。仕草も表情も私よりよほど子どもっぽい。じゃれつくように肩をぶつけてくるママに、私は「危ないよ」と声をかけながらも苦笑する。冷蔵庫を開け、ベーコンと卵、牛乳、バター、それから昨日作っておいたサラダを取り出す。

　卵を割るとき、失敗してぐしゃっと指のあいだでつぶれた。

　突き刺した包丁の先から伝わってきた鼓動を、なぜかその時思い出した。

「あー。ななちゃん、怖い顔してる」

　ママがベタベタくっついてくる。私のほうがちょっとだけ背が高いから、私の肩に顎《あご》をのせて後ろから抱きついてくるママの声が少しくぐもる。いつも通りだよ、なんて返しながら適当に味つけをした牛乳入り溶き玉子を溶けたバターの上に落とす。

「あれ？　ママ、時計が止まってる」

　ママの細い手首には、腕時計がつけられている。銀の文字盤に銀のベルト――センスの欠片《かけら》もない、超ゴツい男物の腕時計。古くて傷だらけの時計は、四時十分からぴくりとも動かない。

「ホントだ」

「それ、ずっとつけてるよね」

「イチローくんと三郎《さぶろう》くんがプレゼントしてくれたの！」

　ママはママの親友たちの名前を誇らしげに口にする。だけど、私の口から出たのは溜息だ。

「お金払ったのはママだったんでしょ」

「だって二人とも持ってなかったから」

プレゼントされる本人がお金払ったって、それプレゼントとは言わないんだけど。まあママが喜んでるならそれでいいんだけど……いいのか？　それ。

「いい加減に買い換えたら？　古いし、男物だし」

「だめ。三郎くんから、絶対はずすなって言われてるの。ママも気に入ってるし！」

ママいわく、二十年ものの腕時計らしい。十二歳だったママのお小遣いやらお年玉やらをかき集めて買わせたって――三郎くん、鬼畜《きちく》。どうせ買うなら、細いベルトのかわいい女物の腕時計を選んであげたらよかったのに。

むうっと口を引き結びつつフライパンの上で音をたてる玉子を菜箸《さいばし》で混ぜていたら、ママが私の手元を覗《のぞ》き込んでふふふっと笑い声をあげた。

「ななちゃん手際いいね」

「ママ、パン焼いて。それからヨーグルトも用意して」

「はーい」

かわいいネグリジェをひらひらさせながらママが離れていく。夢見は悪かったけれど、今日もわが家は平和だ。ちょっと迷って、リモコンに手を伸ばす。赤い電源ボタンに指を置き、何度か指を離し、ぐっと唇を嚙《か》んでからテレビの電源を入れ、報道番組にチャンネルを合わせる。こちらもわが家と同じように、平和に野球の話題で盛り上がっていた。大リーグがどうの、日本選手がどうのと、行ったこともない国でおこなわれている見たこともない試合の話で持ちきりだ。

殺人事件のニュースはなし。

ほっとした。夢のなかのできごとなんだから、本当に人が死んだわけじゃない。だけど恐怖が心のなかに引っかかって、胸の奥がずっとザリザリとしていた。

でも、大丈夫。怖いことは何一つなかったんだ。

これでようやく気持ちが楽になった。

「ななちゃん！　玉子焦げてる！」

ママの声にはっとして、フライパンをコンロからはずした。半熟が最高においしいスクランブルエッグは、部分的に茶色く変色してしまっていた。

遅めの朝食をとり終えたときには、十二時近くになっていた。

「お昼ごはんどうしよう」

困り顔のママに私は呆《あき》れる。

「さっき朝ごはん食べたばっかりだよ。あれブランチっていうんだよ」

「お昼は?」

「だからもう食べたんだって」

食器を片付けながらそんな話をしていると、玄関ドアをノックする音が聞こえてきた。この時間にわが家に来るのは一人しかいない。

「レニだ!」

すすいだ食器を食器カゴに置き玄関へ急いだ。ドアを開けると真っ黒いワンピースを着た小柄な女の子が立っていた。

「いらっしゃい、暑くなかった?」

私は親友をねぎらう。彼女はいつだって汗一つかかず、涼しい顔で訪れる。白い肌に耳の下できれいに切りそろえられたボブカット、大きな黒い瞳に控えめに結ばれた唇。とにかく愛らしいのがレニだ。子どもっぽくて派手なのが好きなゆるふわなママと同じ性別だとは思えない清楚《せいそ》な美少女。ママ似の私はどちらかというならゆるふわが似合うので、レニの日本人形的な美しさに強い憧れを抱いている。おそろいの髪型にしようとねだってくるママから逃げ、髪を染めないのも、ストレートのまま伸ばすのも、レニに合わせているからだ。

「お邪魔します」

「レニちゃん、いらっしゃい」

ママはニコニコとレニを迎える。学校は？　なんて野暮《やぼ》なことは訊《き》かない。十七で私を産んで高校を中退したママは、勉強することや学校に通うことを強要しないのだ。高校くらいは卒業したほうがいいかも、なんて言ったりしても、最終的に困らない程度に稼げればいいと思っている。つまり最後にはママと同じスナックの〝雇われママ〟に落ち着けば、いっしょに仕事ができるから学歴なんて必要ない、ということらしい。

「レニ、入って。私、さっき起きてごはん食べたところなんだ。レニは？」

「私もさっき食べたの」

他の誰が履いても似合わないような真っ黒いロリータ靴を脱いで、レニは微笑む。

「ママもレニちゃんとお話ししたい！」

不満を訴えるママを残し、私はレニの手を引いて自室に引っぱり込む。「ななちゃんだけずるい」ドアの向こうでむくれた声が聞こえる。

「レニは私の親友なの！　ママにはお友だちたくさんいるでしょ！」

言い返すと静かになった。ママにはファンがたくさんいるし、イチローくんをはじめとする自慢の親友たちもいる。一人くらい、私が独占したってバチはあたらない。それが伝わったらしい。

「ななちゃんとめぐちゃんは仲がいいよね」

「普通だよ」

「友だちみたい」

「友だちはレニだけでいいよ。ママが友だちだと疲れる」

ベッドに腰かけ窓を閉め、エアコンのスイッチを入れる。レニはいつも通りレースたっぷりのクッションを抱きしめて床にぺたりと座った。

「なにかあった?」

レニの質問にドキリとした。「なにもないよ」ととっさに返すも「うそ」と否定されてしまう。

「ホントだよ。なにもないよ。いつも通り」

ママは気づかなかったのに、どうしてレニにはバレちゃうんだろう。じっと見つめてくるから、なんとなく視線が泳いでしまう。

怖い夢を見た、なんて小さな子どもみたいだ。

私が黙っているとレニは息をつき、指を組んで腕をまっすぐ頭上に伸ばしてしなやかにのびをした。

「知ってる、ななちゃん。学校はやっと夏休みに入るんだって」

「へえ。学生さんは大変だ」

話題を変えてくれるらしい。私はほっとしながら立ち上がり、机に移動する。椅子《いす》に腰かけ、ノートパソコンの電源を入れてインターネットに接続する。スマホがあれば便利なんだろうけど、繋《つな》がりたい友人はレニだけで、そんなレニは毎日のように会いに来てくれる。SNSも必要だと思ったことがない。オンラインゲームにも興味がないし、音楽も聴かないし、推し活《かつ》なんてかったるいし、連絡を取るのはいっしょに暮らすママだけで、在籍する高校からは体面を保つための電話がときどき入るくらい――つまり私は、世界とかかわらずに生きている。

ご隠居様《いんきよさま》みたいだ。

だから、知りたいことがあるときにはノートパソコンを使う。古いから立ち上がるのがちょっと遅くて、長い時間使っていると熱くなっちゃうけど、これで十分なんだ。

「調べもの？　学校のこと？」

レニが首をかしげると、黒髪がさらりと流れた。私も真似して首をかしげる。今度美容院に行ってレニと同じ髪型にするのもいいかな、なんて思いながら質問を返す。

「なんで学校？」

「……夏休みが終わったら通いはじめるのかと思って」

「行かないよ。ママも行かなくていいって言ってるし」

「せっかく入学できたのに」

「名前書けば合格させてくれるような学校だけどね。レニのママは？　レニだって学校に行ってないのに、文句言われたりしないの？」

高校入試のときに結果を教えてくれたのはレニだ。わざわざママといっしょに自分のぶんと私のぶんの合否を調べてくれた。だけどその時にはもう「学校なんて行かなくていいわよ」ってママが言い出して、入学式に一度顔を出しただけ。レニなんて一度も行ってない。

「学校は無理に行かなくていいって言われてる」

「レニのところも放任だよね」

だから毎日こうしていっしょにいられるんだけど。

私はニュースサイトをチェックする。刺殺《しさつ》事件。男性の死亡事件。I駅中心に情報を探していく。時刻は、たぶん深夜。日付はわからないけど、殺人事件なんてセンセーショナルなできごとなら、救急車が来たり警察が来たりして大騒ぎになっているはずだ。だけどそんな気配はない。

だったら事件が発覚していないか、起こったばかりってこと。

たとえば今日――七月十五日、明け方とか。

「……ななちゃんがニュースサイト見るなんて珍しい」

立ち膝《ひざ》で近づいてきたレニがノートパソコンの画面を見て小首をかしげる。「なに調べてるの？」興味津々《しんしん》に尋ねられて「ちょっと」と答えてしまった。私とレニのあいだに内緒事なんて存在しないのに、悪夢といっしょでなんとなく言いづらい。じいっと顔を見上げてくる視線が痛い。もしかして顔色が悪いのかな。相談しようか迷ってやめた。夢で見た殺人事件を探しているだなんて伝えても不思議がられるだけだろうし、実際にこうして該当する記事がないんだから、やっぱり現実じゃなかったんだ。

「あー、緊張して損した」

「変なななちゃん」

レニがくすくすと笑う。肩から力が抜けると、緊張で手のひらがぐっしょり濡れていることに気づいた。テレビにもネットにも出てない殺人事件に怯《おび》えていたなんてバカみたい。パソコンの電源を切って、念のためテレビの報道番組をもう一度確認しようとリモコンに手を伸ばし、やめた。そのままベッドに戻ってごろりと横になる。エアコンが吐き出す風ですっかり冷えたシーツが気持ちいい。

「レニもおいでよ」

「ん」

趣味もない私たちは、こうしてなにもせずにベッドに横たわってゴロゴロすることが多い。昼間から寝ているから夜に悪夢を見ちゃうのかな、なんて思うけど、どうせ夢なんだから気にしたって仕方ない。

私たちはそのまま目を閉じた。

――私の名前は悠久七緒《ゆひさななお》。十五歳、高校一年生。とはいえ高校に行ってない不登校児だから、女子高生って呼ばれると違和感がつきまとってしまう立場だ。中学校はなんとかギリギリ卒業したけれど、私は気力をそこで全部使い果たしたに違いない。レニもだ。もっとも、レニは中学校から不登校で、学校では一度も会ったことがない。級友に訊いても、「レニって誰だっけ?」って言われるくらい影が薄かった。まあいつの間にか机まで片付けられちゃったみたいだから、彼女も居場所がなかったんだろう。幼稚園から仲良しだったけど、そういえば小学校もほとんど行ってなかった気がする。たまに校舎裏でいっしょに遊んだ記憶しかない。

「平和だねえ」

レニが呑気《のんき》な声を出す。

本当に平和。窓の外ではアブラゼミがバカみたいに大音量で鳴いているけど、閉め切った部屋では子守唄《うた》にしかならなかった。

「ななちゃん、ママお仕事いってきまーす」

ノックの音がして、かすかに開いたドアから部屋に光が差し込む。ママが仕事に行くのはきまって夜の八時五十分だ。うとうとしていたら本当に眠ってしまったらしい。部屋は真っ暗だった。

目をこすっていると、「レニちゃんにヨロシクね」と、ママがひょこりと顔を出す。ママの名前は悠久めぐみ。本人いわくピチピチの三十二歳。髪を縦巻ロールのお嬢様風にアレンジし、黒い薔薇が咲き誇るぴっちりした赤いワンピースにラメ入りの上着を着て、つけまつげと真っ赤な口紅で夜の蝶《ちょう》へと変貌《へんぼう》を遂げていた。

「いってらー」

私はベッドの上からひらひらと蝶に手をふる。ママは愛する娘にバチンとウインクして、投げキッスまでしてくれた。今日は何曜日だっけ。きっとお客さん好みのメイクと衣装なんだろう。ハンドバッグはスパンコールでキラキラ、足下は黒のピンヒール。そこまで想像して起き上がる。

あ、そうだ。

ママが通勤に使う道は、〝殺人現場〟になった道だ。道路の左手には竹やぶがあって、竹やぶの奥はお墓になっていた。道を挟んだ反対側は畑で、畑の向こうはミカン畑。道沿いにちっとも借り手がつかない貸しビルがあって、その十メートル先に店が三軒並んで建っている。一軒目は開店休業中のカラオケバー、二軒目がママのお店、三軒目は朝だけ営業している喫茶店。お店があるのは駅から住宅街のちょうど中間地点だから、時間帯によってはそこそこ人通りがあるけれど、住民の多くは古いI駅より新しいS駅を好むせいで基本的にはひとけがない。だから、私はその道があまり得意ではない。

夢のなかとはいえ人が殺された場所だと思うと、よけいに苦手意識が強くなる。

「ママ、気をつけてね」

「たくさん稼いでくるね！」

ママは私の心配をよそに、細い腕を持ち上げて力こぶを作ってみせる。もっとも、華奢《きゃしゃ》すぎて力こぶなんてできるはずないんだけど。

「送ってこうか？」

「大丈夫だって。ななちゃんはごはん食べて早めに寝るのよ」

ママはもう一度投げキッスをしてドアを閉じた。今までずっと寝てたのを知ってるはずなのに、まだ寝ろだなんて無茶を言う。

「レニ……あれ？　帰っちゃったの？」

薄暗い部屋を見回し、ようやくレニがいないことに気づいた。私が気持ちよさそうに寝てたから気を遣って起こさないようにしてくれたんだろう。レニは気遣い屋さんなのだ。ちなみにママは適当だから、レニが帰っても気づかないし気にしない。こういうところは私にそっくり——逆か。私がママに似ているんだ。

『次のニュースです』

テレビから声がする。青い背景に、灰色のスーツを着たおじさんが仏頂面《ぶっちょうづら》で座っている。この人ってニュースキャスターっていうんだっけ？　あれ？　アナウンサーだっけ？　いつテレビをつけたっけ？　なんてぼんやり考える。

『A県のI駅で男性の変死体が発見された事件の続報です』

A県のI駅。近くだ。徒歩十分の場所にあるひとけのない古い駅だ。明かりをつけようとした手が止まる。変死体？　そんなの、朝は一言も言ってなかった。ネットニュースにも載ってなかった。それなのに続報？

鼓動が跳ね上がる。呼吸がどんどん浅くなり頭の奥がガンガンと痛み出す。

「なに、それ」

絞り出した声がかすれてちりぢりになった。

変死体ってなに？　まさか夢のなかの殺人事件とは関係ないよね？　だって、テレビやネットでちゃんと確認したじゃない。なんで今ごろそんな話が出てくるの？

きっとなにかの間違いだ。夢と同じような事件が偶然起こっただけ。自分にそう言い聞かせていたら、テレビ画面に見慣れた竹やぶが映し出された。規制線用に張られた黄色いテープと歩き回る男の人たちが映る。

『こちらが凄惨《せいさん》な事件の現場となった竹林です。被害男性は胸を中心に複数回刺され、失血死とみられます。ご覧のように周りには街灯が少なく、防犯カメラも駅と駅前のコンビニ、住宅街にあるだけで、夜間は往来もないため目撃情報は――』

マイク片手に女の人が沈痛な面持《おもも》ちで竹やぶから離れ、駅に向かって歩き出す。録画なのだろう。映像のなかの空は明るかった。

一つの死。

世界のどこかでは、きっと珍しくもない一つの事件。

それが私の世界を変えるなんて、その時はまだ考えもしていなかった。

2

あの夢はなんだったんだろう。

あの感覚はなんだったんだろう。

包丁の先っぽが布に引っかかり、それをすぎるとあっさりと肉のなかに沈んでいく手触り。白いシャツに広がる赤黒いシミとただよってくる鉄のにおい。

ああ、違う。あれは血じゃない。薔薇《ばら》だ。あの男は薔薇の花を抱きしめていたんだ。だから大丈夫。包丁が血でぬめるのも、抜いた刃が脂《あぶら》でギトギトとテカるのも、全部気のせい。ただの錯覚。

だから、人なんて死んでない。

ニュースは間違い。みんななにか勘違いしてるんだ。

私は布団を頭からかぶり、じっとテレビを凝視する。ビールをおいしそうに飲むＣＭのあとで報道番組がはじまる。『続報です』と女の人が無表情に話し出す。

さっき聞いた〝続報〟から気づけば一時間もたっていた。だったら、こっちが最新情報ってことか。

『A県I市、I駅で見つかった男性の身元がわかりました』

遠山功《とおやまいさお》さん（51歳）ってテロップとともに、同年代の男たちが肩を組む写真が映し出される。被害者は中央で笑顔を浮かべるおじさんみたいだ。それ以外の人の顔にはモザイクがかかっていた。

「とおやま、いさお」

声に出してみたけどピンとこない。知らない名前だ。だけど、顔は知ってる。笑顔じゃなく、目を血走らせ、脂汗を浮かべた歪《ゆが》んだ顔だったけれど、たしかに私はその男を知っている。

夢のなかに出てきた人だ。

「なんで……」

チャンネルを変えると、そこでも同じ男が、今度は釣りをする姿で映っていた。

『休日は家族や友人とともに釣りを楽しみ、料理を振る舞うなど家庭的な一面もあったという被害者にいったいなにがあったのでしょうか。須藤《すどう》さん、犯罪心理学の観点からどうご覧になりますか？』

犯罪心理学者という仰々《ぎょうぎょう》しい肩書きの髭面《ひげづら》にサングラスをかけた男が、ゆっくりと指を組みながら口を開く。

『胸を中心に傷があることから強い殺意がうかがわれます。一方で、凶器が包丁という報道もあります。この点から、犯人は衝動的に犯行に及んだ可能性も示唆《しさ》され……』

そうだ。使われたのは万能包丁だ。衝動的だったのかはわからないけど、殺すつもりだったのは間違いない。たぶんあの時私はとても興奮していて——。

「違う。あれは私じゃない。だって私は寝てたんだから」

本当に？　私あの時寝ていたの？　だめだ。よくわからない。寝ていたと思っていたけど、本当は起きていたのかも。肉を刺す感触は、鶏《とり》の胸肉に包丁を突き立てるのに似ていた。筋肉を裂いたからだ。待って。そんなはずない。私が人を殺すなんて、そんな。

「ななちゃん、起きたあ？」

ドアをノックするママの声に私は細く短く息を吸い込んだ。頭が痛い。酸素が足りない。呼吸しなきゃ。息を吸わなきゃ。

「ななちゃん？」

早く返事をしないと変に思われちゃう。

「お、起きてる」

喉《のど》の奥からやっと音が出た。絞り出した声は、自分のものとは思えないくらいかすれていた。

「ママ、お仕事に行ってくるから」

「え？　仕事？」

繰り返して驚いた。あれ？　さっきママは仕事に行ったばかりだよね？　なんでまた仕事に行くの？

「ななちゃん寝ぼけてる？」

ドアが開くと、部屋の中に光が差し込む。縦巻ロールじゃなくて黒髪ストレートのウィッグだ。服も、黒薔薇が咲く赤いワンピースじゃなくてラメの入ったシャツに黒いスーツだった。艶《つや》感のある口紅に真珠のネックレス。

「ママの髪がお嬢様じゃない」

「お嬢様は昨日。どう？　ママって質素な格好も似合うでしょ？」

十分派手なんだけど、ママのなかでは質素ってことになってるらしい。忙しくても手入れを欠かさないきれいな指先で黒髪を払う。

「……昨日……」

「ななちゃんずっと寝てるんだもん。ママ、朝ごはんカップ麺《めん》にしちゃったんだから。ななちゃんはお腹《なか》すいてない？」

「……すいてるかも」

テレビで天気予報が流れ出す。今日の最高気温って文字の下に、七月十六日と書かれている。布団をかぶって一時間くらいぼうっとしていたつもりだったけど、実際には十五日の夜から十六日の夜九時近くまで爆睡していたらしい。寝た記憶も起きた記憶もないのに一日が終わってるなんて衝撃だ。

あれ？　じゃあニュースは夢？　殺人事件は起こってないの？

「ママこれから仕事だから、ななちゃんはごはん適当に食べて……」

「ママ！」

世界がぐらぐら揺れてるみたいな感覚。怖くなってとっさに呼び止めると、ママは不思議そうに首をかしげた。

「ん？　どうしたの？」

「え……あの、今日、いっしょに行っちゃだめ？」

「お店に？」

ママが驚いて瞬《まばた》きする。お店に向かう道が殺人現場になっているなら、危ないからきっと断るはずだ。断ったら殺人事件もニュースも全部現実。逆に行ってもいいって言うなら全部悪い夢――ドキドキと返事を待っていたら、ママはにっこりと微笑《ほほえ》んだ。

「いいわよ。ママの服貸してあげる」

ママは迷うそぶりもなく快諾する。

「よかったあ」

「え、そんなにママといっしょにいたかったの⁉」

脱力する私を見てママは呑気《のんき》に声を弾ませる。

ああ、よかった。夢で殺した人とニュースで報道された人が同じなんて現実なわけがない。

軽やかに去っていくママにほっとしながら照明をつけてカーテンを閉め、肌寒さに身震いしてから二十四度に設定してあったエアコンの温度を二度上げる。

殺人事件が夢だったのはよかった。……よかったんだけど。

「丸一日寝てたのは事実だよね？　ちょっと寝過ぎじゃない？」

夢のなかで寝て、夢のなかで起きて、ニュースまで見るなんて器用すぎる。テレビのチャンネルを変え、改めて日付を確認したけどやっぱり十六日の夜だった。マジかーって嘆いていたら、ママが青いシックなワンピースを手に戻ってきた。

「じゃーん！　見てこれ！　このあいだ牧野《まきの》さんからもらったの！　ななちゃんに似合う

と思ってたんだ」

　ワンピースを広げてニッコニコなママを見ていたら、悩んでいるのがバカらしくなってきた。一日爆睡なんて別に珍しい話でもないか。うん。ママもいつも通りだし。

「またもらったの？」

「ママ、モテモテだから～。山田《やまだ》さんからは着物をもらっちゃったの！　岩本《いわもと》さんからはバッグ。ダイヤの指輪は誰だったかなー。イヤリングもあるからつけていく？」

「いい」

「今度踏んでほしいって、靴もプレゼントされたの」

「うへぇ」

　ママのファンって変な人が多いのかな。プレゼント合戦はよく聞くけど、踏んでくれとか特殊すぎ。ママが化粧道具を取りに行っているあいだにワンピースに着替えると、なんとなくチャイナドレスっぽくて、下心が透けて見えるほどエロかった。

「きゃー!!　ななちゃん、オットナー!!」

　ママが大喜びでメイク道具の入った箱を開け、パフを取り出す。お店に出るときママはバッチリお化粧をするけど、くっついていくだけの私はだいたい薄化粧。口紅だってほんのり桜色だ。

「ななちゃんはママといっしょでまつげ長いから盛らなくてもかわいいわ！」

だからマスカラも整える程度にしかつけない。エアコンを切って部屋を出て、あれっと首をかしげる。

「今日、レニは？」

「ママ知らないわよ。ななちゃんずっと寝てたし」

「ママは起きてたでしょ！　来たなら気づくでしょ！」

「じゃあ来なかったんじゃない？」

適当すぎる答えにちょっと呆《あき》れる。さては、ママもずっと寝てたな。レニを出迎えるのは私の役目だと割り切っているママを睨《にら》み、明日謝ろうと心に決める。靴を履いて外に出ると、夜の空気がヌルヌルと体にまとわりついてきた。日が沈んでもちっとも涼しくならないから夏は大嫌い。それでも昼間に外出するよりはるかにマシなんだろうけど。

階段を下りてアスファルトを踏むと、熱気が足下から這《は》い上がってきた。

「ママ、早く！　早くお店に行こう！」

すぐさまエアコンを恋しがる私に、今度はママが呆れ顔になる。アパートからお店までは徒歩五分。近いようで遠い。見知った道を歩くと、どんどん街灯が減っていく。

このまま道なりに行けば夢で見た殺人現場だ。

夢だってわかってても緊張する。一人だったら絶対に来なかっただろう。ましてや夜なんて無理すぎる。

「あ、ななちゃん、右に曲がって」

いつもは道なりに直進するT字路で、ママがおかしなことを言い出した。

「曲がったらミカン畑だよ」

「だってこの道、通行止めなんだもん」

道がゆるくカーブを描いているから、生い茂る竹に邪魔され、ここからでは道の先がどうなっているのかよくわからない。思わず立ち止まる私の手を引いて、ママが右手にある小径《こみち》へと入っていく。暗い道からさらに暗い道へ。月明かりだけを頼りに進む道は、見慣れている景色なはずなのに、まったく知らない場所みたいだった。

「……ママ、人がいる」

小径を行くとカーブの先が見えた。車が何台も停まり、人影が行き交う。畑を挟んだ向こう側、黄色いテープが風に揺れている。

「昨日、人が死んでたんだって。殺人事件みたい。今朝《けさ》帰ってくるときはもう通れなかったの。早く通れるようにならないかしら。大回りするのって面倒くさいわよね」

「さ……殺人事件？　ホントに？」

夢じゃなかったの？

安全だからお店についていっていいって言ってくれたんじゃないの？

「ニュースでやってたけど、ママもびっくりしちゃった。ママの知ってる人だったの」

「え」

「お店の常連さん」

混乱する私にママが追い打ちをかける。友人に囲まれる写真、魚を釣る写真、それが頭のなかをぐるぐる回る。

「ママのところにインタビューが来たらどうしよう。ママ、テレビに映っちゃうかも！」

ママが子どもみたいに屈託なく声を弾ませた。

「常連さんって……じゃあ何度もお店に来てた人なの？」

「ななちゃんも会ったことあるわよ」

言われてぎくりとした。全然覚えてない。お店にあんな人来てたっけ？　あんまり人の顔を覚えるのが得意じゃないし、おじさんなんてみんな同じ顔に見えちゃうから、ママに言われてもちっとも思い出せない。

「いつも店の奥でウイスキー飲んでた人。高いボトル入れてくれるんだけど、ちびちび飲むからコスパ悪いの。あ、でも、ときどきお土産《みやげ》持ってきてくれたからいい人かも」

お店はカウンター席が五つにテーブル席が四つ、左手奥に仕切りがあって、そこにもテーブルがある。右手の奥はカラオケスペースだから、きっと左手奥の席のことなんだろうけど。

「全然覚えてない」

だいたい、あの年代のオヤジは嫌いだ。うるさいし、くさいし、絡んでくるし、話はつまらないし――とにかく存在自体が不愉快だ。本当はお店だって行きたくない。

今日は殺人事件が夢なのか現実なのか知りたくてついてきただけだ。

一人でいたくないとき、暇なときにお店に出るのだって、ママがいるからだ。そうじゃなかったら絶対に近づかない。

「遠山さんってあんまりおしゃべりする人じゃなかったからね。でも、むこうはななちゃんのことよく知ってて、ちいママは今日来てないんだねって残念がってたのよ」

「覚えてない」

ママの言葉にぞわっとした。

オヤジ嫌いの私でも、繁忙期には女王様なママのお手伝いとして頻繁《ひんぱん》にお店に顔を出す。でも二週間に一度ペースとか、場合によっては一カ月以上行かないことだってザラだった。お店では水割りを作ったりおつまみを出したりっていう雑用がメイン。だから、ときどきひょっこり現れては店内を歩き回る私のことを〝ちいママ〟って呼ぶお客さんが多かった。私はみんなのことを〝お客さん〟ってひとくくりで呼んでいた。そのせいでよけいに顔を識別しなくなっていた。

「お客さんが死んじゃったのに、お店開けてもいいの?」

夢だと思っていたことが現実だった衝撃——動揺に気づかれたらきっとママに問い詰められちゃう。それがなんとなく怖くて、私は当たり障《さわ》りなく質問をする。

「え、だめなの? 通夜とかお葬式とか呼ばれちゃったりするかな?」

ママはのほほんと首をかしげた。月の光に黒髪がさらりと流れる。パトカーが停車し、中から出てきたスーツ姿のおじさんが、スマホ片手に集まっていた人たちに話しかける。なにを話しているかはわからなかったけど、揉《も》めているみたいだ。

「いつ通れるようになるんだろう」

ママは事件現場をちらりと見て溜息をつき、「遅くなっちゃうよ」と立ち止まった私の手を引く。大回りしてお店に行くと、店の前にはもうお客さんが三人待っていた。

「お、今日はちいママもいっしょか」

「運がいいねえ。ボトル入れちゃおうかな」

「お好み焼き買ってきたよ! いっしょに食べよう、お好み焼き!」

声がデカい。いっしょにしゃべるからさらにデカくなる。

やっぱり来るんじゃなかったとさっそく後悔する私とは反対に、ママは嬉《うれ》しそうに笑っている。三人は、常連さんが死んだっていうのに、まったく気にしていないみたいに店を開けるよう催促してきた。ママがバッグから出した鍵でドアを開け、スイッチを押して照明をつける。店内は掃除したそのままに椅子《いす》がテーブルの上に置かれていて、お客さんたちは慣れた手つきで椅子を順に下ろし、冷蔵庫から出したお手拭きでテーブルを拭いた。

ママはエアコンを入れるとカウンターに入る。

「マサちゃんはビール？　髙《たか》さんは冷酒？」

「今日はビールの気分かな。ちいママ、お通しお願い」

ご指名だ。慌ててカウンターに入り、ママが用意してくれたグラスとお通しを銀のトレイにのせて三人が座る席へと近づいていく。うう、いやだなあ。なんて顔には出さない。そこは客商売。お店に来たからには働くのだ。

「はい、ママとちいママにお土産」

ビニール袋からお好み焼きを取り出しながら座るように手招かれる。こういうときは「いっしょに食べよう」っていうお誘いだ。今まで何度も誘われた経験があるけど、いまだに慣れない。ときどきママにくっついてお店に出てはいても、男の人自体は嫌いだから。

もちろん、おっさんに囲まれて食事なんてあり得ない。助けを求めて振り返ると、ママがカウンターに取り皿を四つと割り箸《ばし》を用意した。

そうじゃないってば。

渋々と取り皿と割り箸を席に運ぶと、お客さんがお好み焼きをきれいに四等分にして皿に移し替えてくれた。

「……いただきます」

ママが微笑みながら「そこで食べなさい」って圧を送ってくる。お腹いっぱいだと断るにはお好み焼きの誘惑は強烈すぎて、椅子の端っこに座って仕方なく箸を取る。生地にキャベツをたっぷり挟むタイプのお好み焼きだ。濃いめの味つけに半熟玉子がおいしくて、不満があっという間に引っ込んだ。

「はい、ママも」

ビールで乾杯したあと、お客さんが袋からもう一パックお好み焼きを取り出してママに持っていく。「きゃー、おいしそう！　いつもありがとうございます」と、ママは弾む声でお礼を言ってさっそく頬《ほお》ばり、満面に笑みを浮かべた。

「髙さんはおいしい店いっぱい知ってるのね」

なるほど、お好み焼きを持ってきてくれた髪の薄めな人は「髙さん」っていうのか。見たことあるけど、名前は知らなかった。……帰る頃には忘れちゃいそうだけど。

「いや、しかし驚いたね」

一本目のビールをからっぽにして、さっそく二本目のビールを開けながら髙さんが高めの声でしゃべり出す。すぐに他のお客さんが食いついた。「あれか?」「いやあれにはびっくりしたよね」とうなずく。なんのことか尋ねなくてもすぐにわかる。

殺人事件だ。

「まさか――」

髙さんが言いかけたところでドアが開いた。

「あら、黒《くろ》ちゃんいらっしゃい」

ママが声をかけると、灰色のシャツにジーンズ姿の痩《や》せた男がひょいっと手を挙げた。他の人はいかにも会社帰りなサラリーマン風だから、ラフな格好が目についた。ぼさぼさの髪もサラリーマンとはかけ離れてる印象。歳《とし》も他の人より十歳は若そうで、ぱっと見、三十代前半ってところだった。

「黒ちゃん、黒ちゃん、こっちこっち!」

髙さんに呼ばれて「どーも皆さんおそろいで」と、親指をジーンズのポケットに引っかけつつ独特な歩き方でひらひらやってきて、私を見て「おや」という顔をする。

「へえ、この子が噂《うわさ》のちいママか」

「あら、黒ちゃんははじめて？　ちいママのななちゃんです、よろしくね」

ママが雑に私を紹介する。じろじろ見てくる黒ちゃんの視線にイラついて、私はお皿を手に立ち上がった。

「お席どうぞ」

「隣のテーブルでいいよ」

「私、カウンターに戻るところだったんで」

「おや、嫌われちゃったかな」

さっさとカウンターに戻る私を見て、ニヤニヤと笑いながら冷蔵庫から勝手にお手拭きを取り出し、あいた席に腰かけた。

「最近の若い子は汚いおっさん嫌いなんだよ」

「汚いとは失礼な。俺まだ三十代なんで、せめてお兄さんって呼んでもらいたいなあ」

「女子高生からしたら黒ちゃんも立派におっさんだって」

「高さんキビシイ。ねえそれより遠山さんが亡くなったってマジ？　ニュース見てびっくりしちゃってさー。さっき現場を見てきたんだけど、近寄るなって警官に追い返されちゃったよ」

いきなりそんなことを言い出す黒ちゃんに、みんなは「物好きだなあ」とちょっと呆れ顔だ。私は思わず黒ちゃんの背中を見た。見てきたって、あの野次馬《やじうま》の中にいたってこと？　どういう神経してるんだろう。じっと耳をそばだてていると、ママにグラスとお通しを差し出された。「どうぞ」と黒ちゃんの前に置いてさっさと退散すると、誰ともなくグラスにビールをそそいだ。

「黒ちゃんはママ狙いだし、ライバル減ってラッキーとか思ってるんじゃない？」

「そりゃ遠山さんとじゃ分が悪いよ。あっちは会社社長で、年に二回は海外旅行に行ってるくらい羽振りがいいって言ってたし」

「えっ」

私はママを見る。

「だってママ、モテモテだもん。前にいいなって思ってた九条《くじょう》先生、ななちゃんはいやだって言ったから次のカレシ募集中だったし」

「ママは男運ないんだからやめなって」

結婚に失敗してバツイチなのに、なんでしょっちゅう彼氏がいるのか意味不明。

「〝先生〟は私のことじろじろ見てきて気持ち悪い人だったんだよ。その前は会社社長っていっても破産寸前だったし、その前は——」

「遠山さん既婚者だったでしょ」

お酒のせいで声が大きくなるテーブル席からそんな一言が聞こえてきて、私はじろりとママを睨む。やっぱり。そんなことだろうと思った。ママの男運のなさは筋金入りだ。

「そうなんだよ、既婚者！　めぐママのために離婚するって言ってたんだよ」

黒ちゃんが大げさに肩をすくめると、他のお客さんもつられて大げさに驚いた。

「え、そうなの？」

「それで揉めちゃってるって。恋敵《ライバル》の俺に相談してくるんだもん、焼きが回ったんだよ遠山さん。誰に殺されたんだかねえ」

「黒ちゃんじゃないの？」

「やめてよ、俺はスクープを撮るのが専門。自分がネタになる気はありません」

黒ちゃんは意味不明なことを言って「あははっ」と笑う。ママも頬に手をあて「物騒よね」なんて適当に不安顔を作っている。

「真面目な顔して女癖が悪かったのかね、遠山さん」

「ああいう人に限ってってやつだろ。俺たちのアイドルに手を出そうなんてふてぇ野郎だ」

「ママはみんなのママだ！」

「そうだそうだ！　めぐママは俺たちのママだー」

ビールを三本、四本と次々と開けながら、酔っ払いが吼《ほ》えている。ママは私のママで、みんなのママじゃありません。そう訂正したいけど、続く会話に口をつぐんだ。

「でもまあライバルが減ってよかったのは本心だよな。あの人、面倒くさそうだったし」

「遠山さんは陰《かげ》でなにやってるかわかんない人だったからね。奥さんに恨まれてて、口論の末に刺されちゃったんじゃないの？」

「俺は愛人説を押したいね。お金持ってたんでしょ、遠山さん。新しい女の出現で、自分の立場が危うくなって追い詰められた末の殺人！　サスペンスドラマみたいに！」

「痴情《ちじょう》のもつれってやつ？　おっかないねえ」

そうだ。きっと遠山って人の身内や愛人が犯人だ。そうに違いない。だって、真正面から刺されてたんだよ？　普通、包丁を持って見ず知らずの人が近づいてきたら警戒するでしょ？　もっと抵抗するでしょ？　だから犯人は被害者のごくごく身近な人――。

《ななちゃんも会ったことあるわよ》

ママ、私知らない。覚えてない。無関係だよ。

《むこうはななちゃんのことよく知ってて、ちいママは今日来てないんだねって残念がってたのよ》

知らない！　死んだ人のことなんて!!

「ななちゃん?」

ママの声にはっとする。

「そんな強くこすったら、怪我《けが》しちゃうよ?」

ママに手首をつかまれた。真っ赤になった手のひらがじんじんとかゆい。無意識に手のひらを何度も服にこすりつけていたみたいだ。

心臓がバクバクして目の前が歪む。

カウンターに手をついて体を支えると、ママが休憩用のスツールを出してくれた。

「ななちゃんはちょっと休んでて。あ、いらっしゃいませ!」

ママが私の肩から手を離し、開いたドアに声をかける。適度に酔っ払った常連客が「ママに会いに来たよー」と、手をふりながら店に入ってきた。はずしたネクタイをはちまき代わりに頭に巻いている姿が、元祖酔っ払いといった雰囲気だ。

「あ、ちいママが来てる!」

「ななちゃんは休憩中なの。ビール? ウイスキー?」

「ちょっと聞いてよママ。こいつがさー、遠山さん死んじゃったから、キープしてるボトル飲んじゃっていいんじゃないかって言い出してさー」

「だってもう遠山さん飲めないいじゃない。高いウイスキーなんだから、飲んであげなきゃ勿体《もったい》なくて遠山さんも成仏できないよ！」

　ママの言葉を遮《さえぎ》って、酔っ払いが肩を組みながらひどいことを言っている。本当、酔っ払いってろくでもない。

「じゃあ俺たちも手伝うよ！　ママ、遠山さんのボトル出して！」

「店で一番高いやつ！」

「俺一度あれ飲んでみたかったんだよなー。山崎《やまざき》だっけ？　響《ひびき》だっけ？」

「お前は飲むな！」

「え、ひどい」

　みんなが同時にしゃべるから、お店の中が騒音まみれだ。お酒が入るとみんなの理性が一瞬で溶けていく。慣れない騒音に耳をふさごうとして気づいた。また無意識に手を服に押しつけて繰り返しこすっている自分に。

　どうしよう。

　肉の感触が消えない。

3

頭のなかで音が響く。

なにかを何度も叩く鈍い音。しつこいくらいに繰り返したあと「悠《ゆ》久《ひさ》さん、ご在宅ですか」ってくぐもった声が聞こえてきた。

「ななちゃん、お客さんみたい」

くぐもった声の次に聞こえてきたのはレニの声だった。

「レニ？　おはよう」

うーんと背伸びしてから時計を見ると十時を回っていた。久しぶりにママにくっついてお店に行って、アパートに戻ってきたのは四時半だった。ママはそのまま寝ちゃったけど、私は頭からシャワーを浴び、入念に、しつこいくらい丁寧に時間をかけて両手を洗ったあと髪を乾かしベッドにもぐり込んだ。そのせいで就寝は五時近かったと思う。睡眠時間は五時間。眠い。

「悠久さん」

どんどんと繰り返されるのは、玄関ドアをノックする音だ。

「ななちゃん、どうしよう」

レニはいつ来たんだろう。寝ぼけて玄関を開けたのか、それとも奇跡が起きてママが開けてくれたのか、全然覚えてない。私はのろのろと起き上がり、不安げなレニに「出るよ」と返し、あくびをしながら玄関に向かった。

「はあい、誰?」

玄関を開けると、白いシャツの袖《そで》をまくり上げた白髪交じりのちっこいおっさんと、ひょろ長《なが》のお兄さんが立っていた。ちっこいおっさんはニコニコ笑い、ひょろ長のお兄さんはメモ帳を片手にペコペコしている。

なんでお店以外で中年オヤジとかかわらなきゃいけないんだろう。

「誰?　新聞の勧誘ならお断りなんですけど。宗教の勧誘もお断り。うちは自然派です」

警戒しながら適当に言ったら、ちっこいおっさんがお尻のポケットから取り出した手帳を開いて「こういうものです」って、説明にもならない説明をした。

「なにそれ」

「ななちゃん、警察手帳だよ、警察手帳!」

背後でレニがこそこそと教えてくれる。あ、ドラマで何度か見たことがあるやつだ。ってことは……刑事？　この二人が？

「――なんですか」

「悠久めぐみさんはご在宅でしょうか？」

「寝てます」

「お話をおうかがいしたいんですが」

「だから、寝てます」

「ええっとですね、ちょっと話を……この男性、ご存じありませんか？」

警察手帳の下から写真が出てくる。手品かよ、なんて呆《あき》れた私は、写真を見てうろたえた。遠山《とおやま》さんの写真だ。釣り上げた魚を手に満面の笑みで写っている一枚だ。

「ニュースはご覧になりましたか？　近くの竹林で亡くなっていた男性で、めぐみさんが勤めているスナックの常連ということでお話をうかがいたくて……」

「知りません」

「めぐみさんにプロポーズしたと……」

「知りません！」

ちっこいおっさんを両手で押し、離れたところでドアを閉じた。どんどんと再びノックの音がしたけど、無視したらしばらくして静かになった。

「うー、最悪。プロポーズってなに？　ママそんなこと言ってなかった！」

「ななちゃん大丈夫？」

「ママって本当に男を見る目がないんだからっ」

死んじゃった人を悪く言いたくはないけど、殺されるくらいだから問題がある人だったに違いない。そんな人に好かれたママは、だめな男を引き寄せるなにかを持っているとしか思えない。

「ななちゃん、おはよう－。なあに？　お客さま？」

目をこすりながらママが奥の部屋から出てくる。

「知らない男の人！　それより、遠山さんからプロポーズされてたってホント？」

「プロポーズなんてされてないわよ。結婚前提でお付き合いしてくださいって言われただけで」

「それってプロポーズといっしょでしょ！」

既婚者のくせにあり得ない！

「遠山さんのことは別に好きとかじゃなかったけど、お金持ちだし、社長さんだし、ちょっとありかなーって思っただけで」

「ママは恋愛禁止！」

「えー」

「朝っぱらから警察来て、レニも怖がっちゃったじゃん！」

「レニちゃん来てるの？」

警察よりレニがいることに驚くママに、私はプリプリ怒って私の部屋のドアを指さす。

半開きのドアに挟まりつつ様子をうかがっていたレニがびっくり顔になった。

「そこにいるじゃん！」

「ごめんごめん、レニちゃんおはよう」

ヘラヘラ笑うママに私は地団駄を踏んだ。

「もー!!」

「わ、私は平気だから」

「レニはママに甘すぎ！　そんなことより、ママ――」

「そうだななちゃん、今日はお買い物に行きましょ！　そんでおいしいもの食べましょ！

ね？　レニちゃんもいっしょに！」

恋愛禁止を再度念押ししようとする私を遮《さえぎ》って、ママが強引にそんな提案をする。レニ
といっしょに外出なんていつぶりだろう。そう思ったらあっという間に怒ってる理由を忘

れてしまう。

「今から？」

「着替えましょ。ほらほら、移動移動」

モテモテのママは、お客さんからいろんなものをもらう。食べ物はもちろん、服も、バッグも、小物も、アクセサリーも。性分なのか使わないものも捨てられなくて、気づけば部屋はプレゼントでいっぱいになった。だから部屋をもう一室借りている。もともと住んでいた三〇二号室の隣、新しく追加で借りた三〇三号室は衣装部屋だ。私たちは三〇二号室から出て三〇三号室に向かった。

「不審者の姿なし」

あのデコボコな刑事は帰ったらしい。見張っていたら通報しよう。変な人につきまとわれてますって告げ口しちゃおう。上司に叱《しか》られればいいんだ、ざまあみろって思ったけど、廊下にも、周りの建物の陰《かげ》にもそれらしい姿はなかった。

なんだ、残念。

「ななちゃんどんな服にする？　おそろいのワンピースもあるよ！　遠山さんからもらったやつ」

「やめとく」

死にたての人からプレゼントされた服なんて、やっぱりちょっと気持ち悪い。「捨てちゃったら?」って言ってみたら「なんで?」ってママが不思議そうな顔をした。なにも捨てられないから、部屋の中は廊下まで箱や紙袋でいっぱいだ。

「使わないものはフリマに出すとか」

「ななちゃんにあげるのはいいけど、他の人はいや」

私だって、もらっても困る。

「あ、白いワンピースどう? 水色にするならボブのウィッグおすすめ! 麦わら帽子もかぶって、カバンはスケルトン! アクセサリーは白で大きめ」

「ママ、暑いからエアコンつけよう、エアコン」

「レニちゃんはなに着る? 花柄? 水玉? チェック? ストライプ?」

「わ、私は、このままで……っ」

「レニは黒なの!」

「たまには黒以外の服も着てほしいなあ」

「レニは黒が一番似合うの!」

私がきっぱり断ると、レニはほっと胸を手で押さえた。ママは不満そうだったけど、ママが選んだ服を私が素直に着ると、すぐに機嫌がよくなった。蒸れるから好きじゃないウイッグも、ストッキングキャップで髪をすっぽりおおった上にかぶる。ママリクエストのショートボブ。……悪くない。明るい髪色と水色のワンピース、白色中心のアクセサリーが、いかにも夏っぽい。

「ななちゃんかわいい！　写真撮らなきゃ！　あ、スマホ置いてきちゃった」

「そんなことやってたら時間なくなっちゃう！　ママも着替えて！」

ママは黄色に近いオレンジ色のシャツワンピース。白いベルトに白ブチのサングラス、白いピアス、白い帽子にカバンと、小物は全部白で統一した。気分で変えるウィッグは、おかっぱって言いたくなるような、耳の下でくるんと上向きに巻いてるショート。

「ママ、個性強すぎ」

「かわいいでしょ」

ママはご機嫌だ。「お出かけ、お出かけ」と、子どもみたいにバッグを振り回しながら三〇三号室を出て三〇二号室に戻り、超特急で化粧をするとカバンの中にスマホと財布を突っ込んで鍵を閉める。

「あー、そういえばまだ大回りしなきゃ駅に行けないんだった！」

竹やぶの道が途中から通行止めなのを思い出してママが唇を尖《とが》らせる。そんなママをなだめながら大回りして駅に向かう。まだ規制線は外れてない。パトカーや警察官の数は減ってるみたいだから、そろそろ通行禁止が解除されるかも。

「あ、黒《くろ》ちゃんだ」

ママが指さしたところに、〝黒ちゃん〟がゴツいカメラを手に立っていた。規制線から身を乗り出すほどの気合いの入った野次馬《やじうま》姿にちょっと引いてしまう。

「あの人、なにやってる人？」

「フリーター」

なるほど。お金持ちにしか興味のないママからしたら、〝ただのお客さん〟の一人ってことか。納得していると、めざといことに黒ちゃんが私たちに気づいてひらひら手をふったあとカメラを向けてきた。シャッターを切るのが遠目にもわかる。カメラに向かって呑《のん》気《き》に笑顔を向けるママに呆れ、私は「行こう」と声をかけるなり、ママとレニの手を引っぱってその場を離れた。

「黒ちゃんいいカメラ持ってるから、きっときれいに撮ってくれてるわよ！」

ママは振り返りつつ黒ちゃんに手をふっている。

「いいカメラだからって腕までいいとは限らないの。ほら、早く涼しいところに行こ」

それもそっか、なんてあっさりうなずき、ママが先頭に立って歩き出した。私はレニと顔を見合わせて肩をすくめた。

いつも買い物に行くK駅は、最寄り駅から七つ先にある主要駅で店も多ければ人も多い。お客さんにほしいものを言えば次の週には買ってきてもらえるのに、ママはショッピングも好きだから、ときどきこうして付き合わされる。

引きこもりを心配して連れ出してくれてるのか、それとも、中年オヤジ嫌いを克服《こくふく》させようとしているのかは謎だけど。

「ななちゃん、水着買ってあげる！　このビキニ超かわいい！」

考えすぎか。三角の布にしか見えないきわどいビキニを広げながら興奮するママに、私はがっくりと肩を落とす。

「いらない。プールも海も、行く予定ないから」

「マネキンが着てる水着もかわいい！」

叫ぶママにめまいがした。

細いマネキンにぶかぶかの水着。全品三十パーセントオフの文字。店頭に並んだ夏用品は、さっそく叩き売られているらしい。

「浴衣買ってあげる！　三人で花火大会なんてどう？」

隣の店では浴衣が五十パーセントオフだ。浴衣と帯、下駄のセットで一万五千円。高っ。どうせ一回しか着ないのにコスパ悪すぎ。

「暑いの嫌い。人多いの苦手」

「じゃあ涼しいところは？　北極とか！」

なんで北極。まあ最近は北海道も暑いって言うし――でも、なんで北極。

「パスポート持ってないし。海外興味ないし」

「レニちゃん、ななちゃんがママに意地悪するー」

ママはレニに助けを求めることにしたらしい。もちろんレニは笑っているだけだ。

「お客さま、なにかお探しですか？」

店の商品で全身を固めた歩くマネキンこと店員が、ニコニコ微笑《ほほえ》みながら近づいてくる。

レニはさっと私の背後に隠れ、ママが店員と私を見比べた。

「ごめんなさい。少し見て歩きたいの」

ママは人見知りなレニを気にしてか、スマートに店員の接客を断った。出された商品を全部買いそうなタイプだけど、こういうときは意外と頼りになる。ほっとして店から出て、ふいに覚えた違和感に足を止めた。

なんだろう。誰かに見られてる……？

ビルの中は外の熱気から逃げてきた人たちでいっぱいだ。ショッピングを楽しむ人、誰かと待ち合わせをしている人、椅子《いす》に腰かけて休憩している人、ぶらぶら歩いている人、誰も私に注目なんてしていない。

なのに、視線を感じる。

いつからだろう。

どこからついてきたんだろう。

「ななちゃん、どうしたの？」

レニに肩をつかまれ、はっとする。

「誰かに……ううん、なんでもない」

言葉をとっさに引っ込める。自意識過剰だ。そう思ったとき、店の奥、階段を慌てて駆け上がる人影を見つけた。あいつだ。直感したときには走り出していた。すごい勢いで階段を駆け上がる人影を、私も全速力で追いかける。

「ななちゃん⁉」

レニの声が聞こえたけど返事をするゆとりはない。二階からいっきに三階へ、三階から四階に行く途中で、「待ちなさいよ！」と声をあげる。その時には足音どころか姿さえ見失っていた。

「あんた誰⁉　なんでつけてくるの！」

返事は、もちろんない。

やな感じ。言いたいことがあるなら言えばいいのにこそこそつけ回して、バレたら逃げ出して。本当に感じ悪い。これ以上追っても無駄だと思い渋々引き返すと、ママとレニが心配そうに階段の途中で待っててくれていた。

「どうしたの？　ななちゃん急に走り出したからびっくりした」

「だ、誰か、いたの？」

ママとレニに交互に訊《き》かれ、私は慌てて首を横にふった。

「気のせいだった。それよりママ、お腹《なか》すいた。私たち、朝ごはんも食べてないんだよ」

「あ！　そうだった！　ななちゃんたちとお出かけ嬉《うれ》しくて忘れてた。だからこんなにお腹すいてたのね！」

ママが大げさに驚く。レストラン街がある十階に移動するあいだも、ずっと誰かに見られている気がして落ち着かなかった。私たちしか乗っていないエレベーターの中でさえ誰かに見張られているみたいで緊張する。案内パネルでママがお店を選んでいるあいだ、私は慎重に周りを見回した。お昼を少しすぎた時間帯でも、十階は飢《う》えた狼《おおかみ》みたいに徘徊《はいかい》する人でいっぱいだった。ママもすっかり狼になり果ててパネルの前を行ったり来たりしている。

「ななちゃん、大丈夫？」

周りの人に気後《きおく》れしながらも、レニが小声で尋ねてくる。こういうときは、ママよりレニのほうが心強い。

「大丈夫。お腹すいてるだけ。レニは？」

「……さっき、本当に気のせいだったの？」

ズバッと訊かれて「うっ」て声が出た。普段は控えめなレニだけど、ときどき妙に押しが強い。

「それは……」

言いよどむとママが小走りで戻ってきた。目がキラキラだ。

「今日のお昼はイタリアンに決定ー!!　ママはカルボナーラとマルゲリータ！　ななちゃんたちは？」

「お店で決める」

「わ、私は、いりません」

「え、レニも食べようよ！」

レニは絶対に外食をしない。悠久家でも毎回お断りされてしまう。

「外で食事すると、家の人に叱られちゃうの？」

私の問いに、レニは曖昧《あいまい》にうなずいた。規律の厳しい宗教にでも入ってるんじゃないかと疑ってるけど、訊いても「そんなことないよ」と適当にはぐらかされてしまう。

「レニのママは細かすぎ！　ごはんくらいいいじゃん」

豚《ぶた》肉がだめとか、牛肉がだめとか、そもそも野菜以外食べないとか、いろんなルールを課す人がいるのは知っているけど、みんなで食事を楽しみたい私は不満でしかない。

「いっしょに食べようよ」

「でも……」

「ななちゃん、レニちゃんがだめって言うならだめなの。困っちゃうでしょ」

ママがあいだに入って諭《さと》してくる。ママはレニのママと親しいのか、こういうときはきまってレニの味方をする。二対一じゃ分が悪いから、私は引き下がるしかない。

「はあい」

仕方なくうなずいて、ママの先導で目的のお店に向かう。……誰もついてきてないよね？　チラチラ後ろを確認して歩いていたら、レニと目が合った。なにしてるの？　って顔だ。なんでもないよって笑顔で返すけど、納得していないらしくいっしょになって後ろを確認しながら歩き出した。

「あの赤いのれんのお店！」

なんでイタリアンなのに赤のれん。とは思うけど、空腹が勝っているらしいママは、案内の店員さんを押しのける勢いで店の奥に入っていき、腰かけると私たちを呼んだ。

「あ、お水いいんで、とりあえずビールから！」

「ママ！　昼間からお酒はだめ！」

帽子を取りながら三本指を立てるママ。そんなママを慌てて止める私。店員さんがクスッと笑う。

ママは予告通りカルボナーラとマルゲリータを、私はアスパラと生ハムのパスタを頼み、遅めのブランチをとった。

視線を気にしつつも、それから少しお店を見て歩いてパンケーキを食べ、再びぶらぶらとショッピングを楽しんだあと、私たちは帰路についた。


家に帰ると郵便受けに名刺が入っていた。

「え、警察の人って名刺持ってるんだ！」

ママが変なところで驚いている。名刺には窮屈《きゅうくつ》そうな字で「またうかがいます」と、来訪時間らしい数字が書いてあった。

「朝来た人たちかな」

「たぶんね」

心配そうにするレニにうなずくと、ママがきょとんと首をかしげた。

「え、なに？」

「朝、ママが寝てるときも刑事が来たの。遠山さんの話が聞きたかったみたい」

「なんにも話すことなんてないわよ」

ママになくても警察にはあるんだろうけど、いかにもママらしい考えで笑ってしまった。

ウィッグといっしょにストッキングキャップを取ると、頭がすうっと涼しくなった。ママにウィッグとストッキングキャップをまとめて渡し、レニといっしょに熱気のこもった部屋に入って照明をつけ、窓を開けた。

「もうすぐ七時じゃん。疲れたあ」

風が熱気を部屋から押し出すのを確認しつつエアコンのスイッチを入れてベッドに倒れ込む。シーツが生暖かい。歩きすぎて足がパンパンだ。

レニがベッドに腰かけると、そのぶん、ベッドが少し沈んだ。

「それで、なにがあったの？」

「え？」

「誤魔化してもだめ。気のせいなんて噓《うそ》でしょ？」

寝転ぶ私の上にのしかかるようにレニが身を乗り出してくる。大きくて黒い目でじっと見つめられて、私は思わず眉をひそめた。

「誰がいたの？　どうして追いかけたの？　ショッピングのときも、レストラン街のときも、ななちゃん周りをすごく気にしてた」

「……誰かに監視されてるみたいな気がして」

「監視？　もしかして殺人犯？」

どきんと心臓が跳ねた。なに言ってるの、そう否定しようとしたら、レニが興奮気味にまくし立てた。

「被害者ってめぐちゃんのお店の常連さんだったんでしょ？　めぐちゃんのことが好きだから邪魔者だった常連さんを消しちゃったんだよ。それで、今日もこっそりめぐちゃんを見てたんだ！　犯人はストーカーだよ！」

ストーカー。ママにはファンが多くて、毎週必ず会いに来たり、ことあるごとにプレゼントをくれる熱心な人も多い。そんな人が、ママにプロポーズするほど親しくなった遠山さんを鬱陶《うっとう》しく思うのは、当然かもしれない。

邪魔者を消して、ママを監視《ストーキング》する。レニの言葉は、すごくもっともな気がした。

「――ねえ、でも変なんだ。私、遠山さんが殺されたときの夢を見るの」

少し迷い、覚悟を決めて告白する。レニは意味がわからないといわんばかりに、ことんと首をかしげた。

「夢？　夢ってどんな？」

「はじめは遠くから言い争う二人を見てるんだけど、途中から私が遠山さんを刺す、そういう夢」

ストーカーじゃなくて、犯人は、もしかしたら。

「でもそれって夢なんでしょ？　ななちゃんが殺したの？」

「違う」

とっさに否定する。否定しないと、本当に私が殺人犯になってしまうような気がして怖かった。あの時の感覚。人を殺すことを楽しんでいるような高揚感。

あんなの絶対私じゃない。私なはずがない。

怯《おび》える私の不安を察するように、「じゃあ平気だよ」と、レニが笑った。

「ななちゃんは無関係だよ。人を殺したのはストーカーなんだから」

「……人殺しは、ストーカー」

「そう。ななちゃんじゃない」

「で、でも、すごく、生々しい夢だったの。肉の感触とか、血のにおいとか、」

否定してほしいのか肯定してほしいのかわからない、焦りみたいな感情に突き動かされ、私はレニに訴えた。そんな私の頭を、レニが「よしよし」と優しく撫《な》でてくれる。

「夢なんだから関係ないよ。夢のなかなら誰もななちゃんを罰したりできない。ななちゃんに責任なんてないよ。だって夢なんだもん。心配しなくて大丈夫。ななちゃんには私がついてる」

あれ？　関係ないのかな。人殺しって悪いことだけど、それをやったのはストーカーだから、夢のなかで見ていただけの私には責任がないのかな。止めようともしなかったし、途中から私が犯人みたいになっちゃったけど——人を刺す感触がまだ手にこびりついてるけど、ただの傍観者だから平気だって思っていいのかな。

疑問がぐるぐると頭のなかをかき混ぜる。

レニは関係ないって言った。

誰も私を罰しないって、そう言った。

うん、そうだ。レニが言うなら大丈夫だ。きっと心配しなくてもいいんだ。

だけど——。

なんだろう。

なにか忘れてる、そんな気がする。

「ママ、仕事が終わったらお店まで迎えに行こうか？」

レニと話してすっかり落ち着いた私は、いつも通り「いってきます」のあいさつをしてくるママに声をかけた。

「大丈夫よお。ななちゃん心配性なんだから。あれ？　レニちゃんは？」

「帰った」

「レニちゃん帰っちゃったわりに、ななちゃん元気そう。レニちゃんいないと、ななちゃんいっつも元気ないのに」

「そ、そんなことないよ。いつも元気だよ！」

「そう？　じゃあママいっぱい稼いでくるね！　いい子で待ってるのよ」

派手な投げキッス。昼間の続きでおかっぱヘアに、今はタイトな赤いワンピースを着ていた。赤いフレームの伊達《だて》眼鏡にオニキスのピアスとネックレス、ゴツい男物の腕時計はそのままに、ブレスレットもオニキスでネックレスとおそろいのデザインだった。昼間とは違い、真っ赤なワンピースが映《は》える派手めなメイクをしている。

「気をつけてね」

「はーい！　ななちゃんもいい子にしてるのよ」

追加でウインクをしてドアが閉じる。時刻はママの出勤時間である九時十分前。一人で大丈夫かなあ。レニが言ったとおりストーカーが近くにいるなら、ママ、本当に危険かもしれない。

「お店の営業時間は二十一時から二十八時」

接待なんてしない、どころかお客さんから接待されかねないママのお店は、深夜にお酒をメインに提供する深夜酒類提供飲食店だ。もともとお店をやっていた女の店主さんが店を手放そうとしていたときにママが来店して、身寄りがないうえ赤ちゃんがいると知って雇ってくれたらしい。アパートの大家さんもその人で、DV夫から逃げてきたママに同情して、家賃は格安、お店の売り上げは水道光熱費や仕入れ以外、ほとんどママの収入になる。お客さんのお土産《みやげ》まで値段をつけて出しちゃうちゃっかり具合は常連さんにバカ受けで、そっちもママの収入源。予算ゼロのボロ儲《もう》けだ。

「今日の服は誰のプレゼントだったんだろう。ストーカーだったりして。ハハハ」

——笑えない。

やっぱり迎えに行こうかな。お店に出るって言えばよかったな。ちいママなんて呼ばれても、いつもはグラスやおつまみを運ぶくらいで、仕事らしい仕事はない。最近は禁煙ブームだの物価高だのでタバコを吸わないお客さんが多くなって、そのうえ私がいるとみんな気を遣ってさらに喫煙率が下がる。だから、中年オヤジ独特のにおいはあっても、タバコの煙の息苦しさはない。まあ私の場合、オヤジくさいの自体が苦手なんだけど。

「迎えに行ったら、ママ怒るかなあ」

だけど心配だし。

「警察が巡回してるから大丈夫なのかな」

でも頼りにならないし。

「やっぱり迎えに行こう」

そうだ。ちょっと怒られるかもしれないけど、きっとそれ以上に喜んでくれる。愛する娘が迎えに行くんだから、嬉しいにきまってる。だから迎えに行こう。それまで少しだけ眠っておこう。今日はたくさん歩いて、たくさんはしゃいで、ストーカーに神経をすり減らし、いつも以上に疲れてる。仮眠を取ったら遅めの晩ごはんを食べて、ママの仕事が終わる時間までテレビでも見ていよう。深夜番組ってガチャガチャしててあんまり好きじゃないんだけど、時間つぶしにはなりそうだし……。

…………。

……………。

……え？　あれ？　なんだろう。暗い。真っ暗だ。私、明かりを消して寝ちゃってた？

ヤバい。ちょっと寝過ぎたかも。今何時だろう。時計は……時計？

ここ、どこ？　私、ベッドで寝てたんじゃなかったっけ？

どうして笹の音がするの？

周りは真っ暗で、竹やぶが風で一つの塊《かたまり》みたいに大きく揺れている。

またあの時の夢？

人が、遠山さんが、殺されたときの――。

違う。立ち入り禁止の黄色いテープが風に揺れている。遠山さんのときには規制線がなかったから、あの時の夢じゃない。

でも、あの時の夢と同じように人影が二つあった。規制線の近く、竹やぶの脇に。

遠山さんじゃないならあれは誰だろう。必死で目をこらしても、影絵みたいでやっぱりうまく見えない。遠山さんのときはどうだったっけ。遠巻きに見ていたあと、たしかあの時は、意識が、切り替わって。

――あ。髙《たか》さんだ。お店にお好み焼きを持ってきてくれた常連さんだ。視界が切り替わり、いきなり目の前に見知った顔が現れて、私は少しぎょっとした。お酒が回ってるのか、髙さんは赤ら顔にトロンとした表情で、無遠慮に手を伸ばしてきた。なにか言っているけどよく聞き取れない。竹やぶを指さして笑っている。必死で耳をすますと声が急にクリアになった。遠山さんが死んでよかったよ、あはははは。そう笑う。実はちょっとお金を借りてて返せってうるさかったんだ。羽振りがいいふりして大変だったみたい。会社も経営不振で、奥さんとは離婚調停中でしょ。お金がいるんだってさ。ないなら貸さなきゃいいのになんで貸してくれたんだろうね。いい顔したかったのかな。バカだよねえ。あ、俺は殺してないよ。死んでくれたらいいのにとは思ってたけど。あはははは、ここだけの話ね。俺わりと人格者で通ってるからイメージダウンするのいやなんだよね。それで、あの話なんだけど、考えてくれた？　え？　考え中？　俺別に急いでないし、なんなら——。

うるさいな。

ペラペラとしゃべる髙さんを見てそう思ったら、手が勝手に動いていた。握っていたのは万能包丁。振り下ろす直前に握り直して刃を水平にし男の胸に差し込んだ。あ、きれいに入っていく。そうか、やっぱり骨って硬いんだな。骨と骨のあいだに刃を差し込めばよけいな力を込めなくても心臓までちゃんと届くんだ。感動。次はもっとうまくやろう。一回目はいろいろ失敗した。返り血も浴びて、竹やぶの奥に死体を運ぶのも大変だった。きっと足跡も残っただろう。まあ下足痕《げそこん》が取れるような失敗はしてないけど。

髙さんが包丁の刺さった胸と私の顔を交互に見て、大きく口を開く。悲鳴が出る直前に、私はその口にハンカチを突っ込んでそのまま竹やぶのほうへ押した。指先に伝わってくる鼓動にぞくぞくした。生きている証《あかし》が私の手からこぼれていく。逃げようと後ずさる体を追いかけてもっと深く刃を沈める。涙の溜まった目が、どうして、と、問いかけてくるみたいだ。そんなこともわからないから殺されるんだ。彼女の害になる人間は、こうやって始末されて当然なのに。

髙さんの体から力が抜けていく。そろそろいいかと包丁を抜くと、意外にも髙さんが両手を振り回しながら竹やぶの奥に逃げ出した。道なりに逃げたらすぐに追いつかれると思ったのか、そのままよろよろと竹やぶを進む。枯れた笹の葉が幾重にも積もっていて歩きづらいことに、髙さんは転んでからようやく気づいたようだ。よつん這《ば》いのまま逃げながら、口のなかからハンカチを引っぱり出し「助けて」と声をあげる。おかしいな。意外としぶとい。心臓を刺したから即死だと思ってたのに、心臓じゃなかったのかな。逃げられたら面倒だから、ちゃんととどめを刺してあげないと。

助けて、助けて、そう言いながらなんとか立ち上がって逃げる髙さん。そっちにはお墓しかないから無駄なのに、それでも広い背中が左右に大きく揺れながら遠ざかっていく。だけど、それも途中まで。髙さんは竹につかまって体を支えたけれど、すぐにずるずると膝《ひざ》を折った。闇《やみ》の中、竹にべったり血がついているのが見える。

あたりを見渡し、私は満足した。遠山さんを運んだときよりももっと竹やぶの奥に入り込んでくれている。これなら死体が見つかるまで時間がかかるかもしれない。雨の予報も出ていたし、状況は私の味方だった。

髙さんが絶命するのを見届けてから竹やぶを出て、ぐるりと見回す。

ああ、人が見ている。遠く離れた場所から、じっと私を見つめている。あれは私だ。私が、私を見ているんだ。見開かれた目だけがくっきりと闇のなかに浮かび上がって私が私を見ている。だから私は微笑んだ。

守ってあげたよ。

だからもう大丈夫だよ。

きっと聞こえないだろうけれど、私は私にそう声をかけた。


「……っ……!!」

目を開けて飛び起きる。すぐには状況がわからなかった。激しく躍《おど》る心臓が喉《のど》の奥から飛び出してきそうだ。息を吸っているのに肺がふさがれてるみたいに息苦しい。ようやく吸い込んだ空気に血のにおいが混じっている気がして吐き気がした。

何度も呼吸を繰り返し、やっとの思いで深く息を吸うことに成功する。

私は茫然《ぼうぜん》と両手を見た。

また、人が死んだ。また、人を殺した。

「ち、違う。違う。私は殺してない。殺したのはストーカー。私じゃない。私はストーカーなんかじゃない」

ベッドで寝ていた私が人を殺せるわけがない。時刻は早朝——時計は五時を少しすぎていた。慌てて自室から出て奥のドアを開けると、ガンガンに冷房が効いた部屋のベッドで、ママが穏やかに寝息をたてていた。

「……私、ずっと寝てたんだよね……？」

私とレニがスマホを持っていたら、こういうときすぐに連絡が取れたのに——必要性を感じなくて、買おうとしたママの誘いを断った私は、過去の自分と、電子機器が苦手で極力触らないようにしているレニをちょっとだけ恨んだ。せめて連絡先くらい聞いておけばよかった。毎日毎日会いに来てくれるから、連絡手段なんて必要ないって思っていたことを反省する。

ママに話そうか迷ったけど、帰宅したばかりなのに起こすのは気が引ける。どうせ相手にされないだろうし。

「……夢だし。人なんて、死んでないし」

遠山さんのときは偶然だったんだ。それに、高さんが殺されたとは限らない。待っていればそのうちケロッと店に来るに違いない。

そう自分に言い聞かせて自室に戻ったとき、冷房が切れて空気がじっとり暑いのに気づいた。窓の外から雨音が聞こえてくる。湿度が高くて室温も高い。怖い夢を見たのは不快指数の高さが原因だったんだだとピンときた。

エアコンをつけ、二十度まで設定温度を下げてベッドにもぐり込んだ。

だけど、数日後に私は思い知る。

その夢がただの夢ではなかったことに。

4

〝のどかな町になにが⁉　犠牲者は二人！　連続通り魔か？〟

ダイニングでテレビをつけると、報道番組が派手な見出しをかかげていた。

「やだ、高《たか》さんじゃない！　遠山《とおやま》さんの次は高さん⁉」

お店ではクールにきめたいのかブラックを飲むママは、家ではミルクと砂糖をたっぷり入れたコーヒーを好む。甘いコーヒー《カフェオレ》が入ったマグカップ片手に、ママが「うっそー」と声をあげる。〝高岡周三《たかおかしゅうぞう》さん（53）〟と、見慣れた顔写真の下に名前と年齢が書かれていた。

夢を見てから二日後に、まさかニュースであの顔を見ることになるなんて。

最後に直接会ったのは、竹やぶで恐怖に歪《ゆが》んだ顔をした高さんだった。

そうじゃない。直接会ったのはお店だ。もっと前。竹やぶでは会ってない。あれは現実なんかじゃ――。

「ななちゃん、すごい汗。調子悪いの？　病院行く？　救急車のほうがいい？」

「だ、大丈夫」

「でもなななちゃん……」

「あ、レニが来たみたい」

ノックの音に、私は慌てて玄関に向かう。玄関ドアを開けると、ノースリーブの真っ黒ワンピースに二の腕まである黒レースの手袋で最高にキュートなレニが、きょとんとした顔で立っていた。

「ななちゃん、すっごい顔色」

「レニ、会いたかった〜」

勢いで抱きつくと「え、やだずるい」と、背後でママの声がした。

「ママにも会いたかったたって言って！　レニちゃんだけずるい！」

「ママは今度！」

きっぱりお断りして、レニを私の部屋に引きずり込む。「いいなー」と、呑気《のんき》な声がドア越しに聞こえてくるけど無視だ。レニをベッドの上に座らせて、その前に正座する。

「どうしたの？」

「また、夢を見た」

「夢って……人を殺す夢？」

こくりとうなずく。

「おかしいよね。はじめは遠くから見てるのに……いつの間にか、私が人殺しになってるんだ。万能包丁で人を殺すの。遠山さんも、高さんも」

「だけどそれって、犯人はストーカーでしょ？」

「じゃあなんで私がそれを夢で見るの？　おかしいじゃない」

「んー。理由はわからないけど、……あ！　わかった！　それきっと予知夢だよ!!」

「予知夢って」

「未来に起こることを夢で見るの！　ななちゃんは、ストーカーが人を殺す場面を夢で予知してるんだよ」

「そんなわけないでしょ。レニ、無茶苦茶だよ」

「予知夢でなければ正夢とか」

「どう違うの？」

突飛《とっぴ》な発言に思わず聞き返してしまった。考えたこともないや。

「予知夢は必然で、正夢は偶然！」

なるほど、一応違うのか。ざっくり私見を述べて胸を張るレニに納得し、どちらにせよ突飛な発言だと溜息をつく。

「二度も偶然が重なると思う？　殺人事件なんだよ」

「んー。じゃあシンクロとか？」

「面識もない犯人と？　予知夢と同じくらい胡散《うさん》臭いって」

真剣に相談してるのに、さっきからずっと適当なことばかり言って。怒って唇を尖《とが》らせると、レニはちょっと困った顔になって言葉を続けた。

「でも、ななちゃんだってそういうのテレビで見たことあるでしょ。離ればなれで育った双子のきょうだいのドキュメンタリーみたいなやつ。好みが同じとか、意識を共有するとかみたいなの」

「私一人っ子だもん。だいたいさ、私にきょうだいがいたとして、なんでいきなり殺人犯になるわけ？　ママが離婚したの十四年も前だよ？　今さらって感じじゃん」

父親のいない生活が当たり前になってる私みたいに、むこうだって母親がいない生活が日常になっているんじゃないの？

「父親はＤＶ男なんでしょ？」

レニの指摘にぎくりとした。そうだ。ママに暴力をふるったみたいに、残されたわが子にも暴力をふるっていたかもしれない。

「ち、父親から逃げ出したってこと？」

逃げ出して、母親に会いに来て、きれいで華やかなママが知らない男の人と親しげにしていたら。娘だけを溺愛《できあい》していたら——必死で逃げてきたその子の居場所は？

私とママが、知らないうちに殺人に荷担してる可能性は——？

「違うかなあ。一番可能性が高いと思うんだけどなあ」

思案するレニに、私は肯定も否定もできない。レニは続けた。

「きょうだい殺人犯説がだめなら、やっぱりストーカー説が有力だと思うよ。だって、被害者って大人でしょ？　ななちゃんが殺すなんて腕力的に無理だよ。反撃されちゃう」

「そ……そうかな」

腕力。人並み程度の力しかないから、そう言われるとそんな気もしてくる。急に現実的なことを言い出すレニに、私は少し戸惑った。

「人間って、自分を守るようにできてるし」

「じゃああの夢は？」

「そんなのわかんないよ。だけど、その夢が続くならまた人が殺されるかも」

「常連さんが殺されるの？」

「どうかな。もしかしたら……」

「——次は、ママかも」

言葉にしたら、ぞわっと鳥肌が立った。

ストーカーがストーキングをしてる相手に危害を加えるなんてよくある話だ。最悪、殺されちゃうことだってある。犯人がママのファンなら、お店でちやほやされるママを見て怒って、「永遠に自分のものに」なんて襲いかかってきても不思議じゃない。

「ど、どうしよう、レニ！　ママが殺されちゃうっ」

花に群がる蜂《はち》のように、男の人はママに寄ってくる。追い払っても追い払っても埒《らち》が明かないってわかったら次に狙われるのはママだ。このままじゃ、本当にいつかママが狙われかねない。

私は立ち上がった。

「犯人を捜す」

「え」

「そんで、捕まえる」

「えっ」

「常連さんの中にいるなら、犯人に見覚えがあるかもしれないし」

「な、ななちゃん、落ち着いて。犯人が常連客とは限らないから！」

「でもレニがストーカーって言ったじゃない」

「言ったけど……めぐちゃん美人だから、荷物の配達員とか、コンビニの店員とか、すれ違っただけの人が一目惚《ぼ》れしてストーカーになることだってあるかもでしょ？」

レニは範囲網を広げて犯人捜しをあきらめさせたいらしい。だけどそんな手には引っかからないのだ。

私はまっすぐレニを見て疑問を打ち消す。

「そういう人ってお店の中のことはわからないじゃない。被害者は二人ともママととくに親しい常連さんだったんだよ。店内で誰がママと仲良くしてるか、配達員やコンビニの店員やすれ違った人はどうやって知るの？」

「相手はストーカーだよ？　ストーカーは、勝手に郵便物開封しちゃうとか、二十四時間監視とか、家の中覗《のぞ》いたり洗濯物盗んだりしちゃうような人たちだよ？　お店の中だって盗撮とかしちゃうんじゃない？　盗聴器を仕掛けてるかもしれないし」

「じゃあ少なくとも一回はお店に来てるってことだよね？　盗聴器ってコンセントに仕掛けるやつ？　怪しい動きしてる人がいたらママが覚えてるかも。カメラで盗撮ならメモリー回収するから二回は来なきゃだよね」

「な、ななちゃん、だめだよ。犯人捕まえるなんて危ないよ」

止めようと言いつのるほど私がやる気を出すせいで、レニがすっかり涙目だ。もちろんそんなことで私の決心はゆらがない。だって、事件が発覚する前に夢を見たんだよ？　これって絶対、神様が私にチャンスをくれたんだ！

「あの夢、本当に予知だったのかも！」

意気込む私に、予知夢だシンクロだと思いつくまましゃべっていたレニが、さあっと青くなる。

「ななちゃんさっき、私に無茶苦茶だって言ったよね⁉」

「言った！　ごめん！　犯人の悪意とか殺意を夢でキャッチしたんだと思う！」

「ななちゃんこそ無茶苦茶だよ！」

「だったら実際に夢で見てるのはどう説明するの？　しかも二回も！」

犯人を捕まえなくちゃ正解はわからない。ここで話し合っていたって堂々巡りだ。

私の主張にレニはぐったりした。

「警察に任せようよ～」

私は断固、首を横にふる。ママのためにも反対だ。

「被害者二人も出てるんだよ、警察なんて全然あてにならないよ。もう私が頑張るしかなくない⁉」

「だめだったら」

平行線だ。私はしおらしくレニを見る。

「レニは手伝ってくれないの……？」

「な……ななちゃん一人だと心配だから、……いっしょにはいるけど。でも私、役には立たないよ。人見知りだし、怖がりだし、力もないし、勘だってよくないし」

「レニ、頼りになる！」

急に元気になる私にレニは慌てた。

「だからいっしょにいるだけだったら！」

「じゃあさっそくママに怪しそうな人を訊《き》いて……」

「犯人捜ししてるなんてバレたら、めぐちゃんに止められちゃう」

さすがレニ。基本的には反対していても、こういうときにはちゃんとフォローしてくれる。こういうところがレニのいいところだ。

「そうだよね」

レニの意見に私は納得した。

ママはレニより心配性だ。犯人捜しなんて危ないこと、絶対に許可しない。自分が危険な目に遭っていても反対するだろう。だったらママには内緒にしないと。でも、それならどうすればいい？

「あ、そうだ。ママが好きなら、プレゼントくらいしてるんじゃないかな」

「メッセージとか添えて？」

「え、なにそれキモい」

かわいいメッセージカードにハートを書き込む姿を想像したらサブイボが出た。思わず両腕をこすると、レニが溜息を返してきた。

「ななちゃん恋心がわかってない」

「えー。そういう重いの流行《はや》らないって。……でも、ストーカーならやってるかも」

ママはプレゼントを全部取っておく。その中に、なにかヒントになるものがまぎれ込んでいるかもしれない。もしプレゼントの中から盗聴器が出てきたら、犯人特定に繋《つな》がって事件も早々に解決するだろう。

俄然《がぜん》やる気が出てきた。さっそく捜索開始だ。

「ママー、三〇三号室の鍵借りるねー」

「え、ななちゃんおしゃれに目覚めちゃった⁉」

「そんな感じー」

ドラマの再放送を見ながらクッキーをかじっていたママが、「今度おそろいの服買いに行きましょ」と嬉《うれ》しそうだ。ちょっと心が痛い。

鍵を開け三〇三号室に入り、熱気に驚いてエアコンのスイッチを入れる。

「ななちゃん、探す基準は？」

「うーん、適当」

「適当って」

レニは呆《あき》れたけど、こういうときに冴え渡るのが女の勘ってやつだ。たぶん。そのはず。だからここはあえて細かく絞らずに、勘を頼りに探す。ただしこの部屋には、ママが今までもらってきたプレゼントが全部収めてあるから、見つけるには相当時間が必要だろう。

「うわ、レニ見て！　スケスケの下着だよ！　あ、この香水ブランドだ～。こっちのバッグって何百万もするやつじゃない？　でもなんか地味だなあ。重いし、大きいし、持ちづらそう。ぎゃー、お菓子が出てきた！　賞味期限切れてる――!!」

「ななちゃん、真面目に探してる？」

箱を開けては叫んでいたら、レニが白い目を向けてきた。ひどい。頑張ってるのに。

「探してる探してる。ってか、箱邪魔だね。かさばるから捨てちゃえばいいのに。あ、この財布カビ生えてる」

一応中身は確認してるみたいでラッピングははずしてあるけど、ほとんどが箱に入ったまま保管されてるから、開けてみないと中身がなにかわからないのが面倒くさい。収納用に棚がいくつも置いてあるのに、そこに箱が積み重なってるから見づらい。

「ママ、ずぼらだけどマメなんだよなあ」

使ったものをいちいち箱に戻すせいで本当に箱だらけだ。中身覚えてるのかな。ほしいものはだいたいすぐに見つけちゃうから、やっぱり覚えてるんだろうなあ。

「あー、この帽子かわいい。今度借りよう。あ、浴衣だ！　下駄もある！　なにこれ、アサガオ柄が超かわいいんですけど！」

花火大会は興味ないけど、浴衣を着るのは悪くないかも。

「ななちゃん」

「ご、ごめんごめん。……あれ、人の声だ」

話し声に気づいて私は箱から手を離す。低いダミ声には聞き覚えがある。ちっこいおっさん刑事の声だ。ってことは、デコボコ刑事がママに話を聞きに来たんだろう。

「ママ休憩中なのに！」

文句を言ってやろうと玄関に向かったらレニに止められた。

「邪魔しちゃだめだよ、警察だよ」

「任意でしょ。協力と強制は違うよ」

「捜査には協力しないとだめなの！」

ちぇーっと唇を尖らせたあと、私はぺたりと玄関ドアに耳を押しつけた。

「なにしてるの?」

「盗み聞き。んー、よく聞こえないなあ」

一応、ご近所さんの目を気にして、小声で話してくれてるらしい。答えるママも小声だからなにを話してるのかさっぱりわからない。まあどうせ、遠山さんと高さんの話なんだろうけど。お店の常連さんが二人も殺されたんだから警察が来ても当然……なんだけど、疑われてるみたいで気分が悪い。

「遠山さんも高さんもママのファンだったんだから、犯人はストーカーでしょ。さっさと捕まえてくれたら私もこんな苦労しなくてすむのに」

玄関先まで積まれた箱を見て溜息をつく。近くにある箱を開けると、中から黒のピンヒールが出てきた。あ、ママの好きな靴だ。常連さんが、踏んでほしい靴ナンバーワンに選ぶやつだ。

デコボコ刑事はそれから五分くらい話して帰っていった。私はせっせと箱の中身を確認し、ときどきはしゃぎ、ときどきレニに叱《しか》られ、気づけばすっかり夜になっていた。

「大変!　私もう帰るね!」

「え、泊まっていったら?」

怖い夢を見るのがいやだから泊まってほしい。けど、レニはあっさり「だめ」と返してきた。レニのところは放任主義っぽくても時間には厳しく、夜は必ず帰ってしまう。お泊まり会とか憧れるのに却下の嵐だ。じゃあ私が泊まりに行くって言ったら、それもあっさり断られてしまった。外食禁止、外泊禁止。家族のこともあんまり話したがらないから、どこに住んでいるのか、家族がどんな仕事をしているのかもわからない。きょうだいが多いことは話してくれたけど、仲が悪いのかそっちも細かく話したがらない。そんなわけで、実はちょっとだけ、虐待《ぎゃくたい》を疑った時期もあったりする。

「じゃあまた明日」

レニがひらひら手をふって玄関ドアの向こうへと消えた。とたんにあたりはシンと静まりかえって、エアコンの音だけがうるさく響いた。

「なんか、やる気なくした。結局なんにも見つからなかったし、レニ帰っちゃうし、一人じゃつまんないし」

早々にエアコンを切って、明かりも消して、三〇三号室を出る。外はすっかり真っ暗になっていたけど、熱気だけは健在で、熱い空気がむわっと全身を包んだ。梅雨《つゆ》の最中は湿度が高く異様に暑く感じて夏を待ちわびたのに、例年より早めに梅雨が明けると暑さはさらに加速し不快指数が爆増した。そのうち地球全体がゆだっちゃうんじゃないのか。地球を割ったら中からマグマの代わりに黄身が出てくるに違いない。

「うわ、レニがどこにもいない」

廊下からバイバイって声をかけようと思ったら、超特急で帰ったらしくて影も形もない。もしかしたら門限あったりするのかなあ。今度聞いてみよう。

「ただいま」

三〇二号室のドアを開けると、ママは今から着替えるみたいでバスローブ姿だった。

「レニちゃんは?」

「さっき帰った……って、その格好で外出ちゃだめだよ⁉」

「お隣行くだけだから平気」

「ストーカーが見てたらどうするのっ」

「え、やだ怖ぁい」

全然本気にしてないみたいでカラカラと笑われた。「じゃあママこのまま着替えてお仕事いってきます。ななちゃんはごはん食べて早めに寝るのよ」と、スマホと財布、鍵をつかんで踊るように三〇二号室を出ていってしまった。いくら近いからって、バスローブ姿ってどうなの。本当、ああいうところはルーズなんだよなあ。プレゼントを開けたあと箱に戻すマメさを自分にも発揮してほしい。

ぐったりとソファーに腰かけたときテレビと棚の隙間《すきま》になにかが落ちていることに気づいた。なんだろう。百均で買った袋留めのクリップかと思って拾ったら、全然違うものだった。

「ネクタイピン……？」

シンプルなプラチナのネクタイピンには、青い石があしらわれていた。

「え、男物？　待って。待って、待って、待って⁉　刑事のじゃないよね⁉」

話し声が聞こえてたから家には上げてないはずだ。

「誰の⁉」

私の知らないうちに男の人が上がり込んでたの⁉　でも私ほとんど家にいたよね⁉　連れ込む隙なんてなかったよね⁉

「ストーカーの私物……って、三郎《さぶろう》くんの⁉」

裏返したら刻印があった。なんだよ、三郎くんのかよ！　びっくりするじゃん！　っていうかいつの間に来たの⁉　ママも一言くらい言っといてよ！

「ネクタイピン落とすってどういう状況なわけ？」

まあ三郎くんが来たならイチローくんもいっしょだろうし、親友って言い切ってるから変な関係じゃないんだろうけど。それにしたって娘に内緒で会うなんて……この野郎って指で弾いたら、ネクタイピンがくるくる回転しながら棚の裏側に落ちていった。

あ。ヤバ。

「……よし、ごはんにしよう！」

聞かれたら、知らないふりしていっしょに捜して見つけてあげよう。聞かれなかったら、大掃除のときに偶然を装って見つけたふりしてママに渡そう。うん。完璧だ。

そそくさと冷凍庫からチャーハンを取り出す。レンジで温めているあいだにお湯をそそいでワカメスープを作った。

「怠惰《たいだ》の極み」

手を合わせる。加熱だけで至高の料理に変身するとか神すぎる。お湯をそそぐだけでおいしいスープになるなんて魔法じゃん。異世界に行かなくても目の前にはファンタジーが存在する。私はファンタジーを胃に詰め込んで満腹になった。

さくっと後片付けをすませ、ママが仕事に行ったことを確認してから奥を見る。奥にあるのはママの部屋だ。まだ途中だけど、プレゼントからストーカーを見つけることは難しそうだった。なら、次の手段を考えないといけない。

「捜査にご協力お願いしまーす」

ママの部屋のドアノブに手をかける。こっそり忍び込むのは気が引けるけど、これも捜査の一環だ。犯人を見つけなきゃ安全だって確保できない。私はママを守りたい。だからこれは必要なこと。「えいっ」と気合いとともにドアを開け、照明をつける。

「わ、意外」

ズボラなママのことだから、部屋もぐちゃぐちゃだと思っていた。だけど部屋は片付き、ちょっと神経質なくらい整理整頓《せいりせいとん》ができている。ベッドはきれいに整えられ、クッションもバランスよく置かれている。テーブルはラグの中央にビシッと置かれ、棚の写真立ては計ったみたいに等間隔。

「私のちっちゃい頃の写真だ！　あ、これ中学校の入学式、こっちは高校。旅行に行ったときの写真もある」

ママの部屋をこうやってしっかり見たのなんていつぶりだっけ。顔を見に部屋に入ったときは暗がりでわからなかったけど、整列させられてるみたいに並ぶ小物を見て感心する。そしてすぐにはっとわれに返った。違う違う。見入ってる場合じゃない。犯人逮捕は私にかかってるんだからしっかりしなくちゃ。

プレゼントのほとんどは三〇三号室に置いてある。だったら、三〇二号室のママの部屋にあるのは、きっと特別なものだ。ストーカーからもらったものを大切にしているとは思えないけど、関連するなにかは見つかるかもしれない。

意気込んで引き出しを開け、「わあっ」と声をあげてしまった。

「ママ、ブラまで几帳面《きちょうめん》に並べすぎじゃない⁉」

手前から奥に向かって、赤、ピンク、オレンジ、黄色、白、水色と、見事にグラデーションになっている。最後が黒で終わっているのを見て、恐る恐る下の引き出しも開け、さらにその下の引き出しも開ける。全部グラデーションだ。ブラジャーも、ショーツも、靴下も、シャツも、ズボンも、全部。さすがに服類は数が少なかったけど、それでもインパクトが強すぎる。ちょっとでも歪んでたらすぐにバレちゃいそう。ここまできれいだと触りづらい。

「お、押し入れはどうかなー。わあ、こっちも⁉」

ぴっちり箱が詰め込まれている。同じお店で買ったらしく、全部同じ形の収納ボックスだ。スイッチが入ったみたいに急に掃除をしはじめることはあったけど、まさかここまでとは。本当に意外すぎる。

「……とりあえず、一番見やすそうな箱から」

引っぱりだして中を見る。ぬいぐるみがぎっしり詰まっていた。子どもの頃にママが私に買ってくれて、遊び飽きて捨てちゃったと思っていたやつだ。象のぬいぐるみはすっかり色落ちし、耳なんて取れかけていた。キリンのぬいぐるみにはしっぽがないし、犬のぬいぐるみには鼻がなく、サメは歯が欠けている。ペンギンはくちばしが曲がり、胸を押すと歌い出すオウムは神妙な顔で沈黙を守っている。

どれもこれも壊れたぬいぐるみばかり。

「もー、ママったら」

私との思い出を、ママは大事に取ってくれていたんだ。ちょっと嬉しくなる。一人で私を育てるなんてすごく大変だったはずなのに、ママはいつもニコニコ笑って、私のために頑張ってくれていた。こういう何気ない行動からも愛情が伝わってくる。

「ママは私が守らなきゃ」

二つ目の箱を引っぱり出すと、ずっしり重かった。中から出てきたのは紙の束だ。映画のパンフレット、遊園地の案内地図、水族館が発行する小冊子、旅館の案内。どれもこれも記憶にあるのは、ママといっしょに行った場所だからだろう。

「ママ……物持ちよすぎ」

なんとなくもらって、いずれ邪魔になって捨ててしまうはずのものを、まるで宝物みたいに保管している。マメだなあと苦笑した私は、その中に異質なものがあることに気づく。小さな冊子のようなものにはママの名前と店番、口座番号がプリントされている。下には銀行名。

「通帳だ」

なんだろう、この背徳感。見るのはもちろん、触っちゃいけない感がすごい。こんなところに入ってるんだから、きっともう使い終わったものなんだろう。だったら見ても大丈夫かも。ちょっとだけ。ちょっとだけならいいよね。

私はそおっと通帳を開く。日付は十四年前の十一月からはじまっていた。差引残高がしょぼい。十四年前なら私がまだ一歳の頃だから、たぶん、離婚した直後あたりだと思うけど、四桁《けた》って。これで生活できるのってレベルなんだけど。

「いくらＤＶ男から逃げてお金がないっていっても、これ普通にヤバくない？」

そのヤバいお金が地味に減っていく。ページの一番下の段になると二桁だ。詰んでる。運よく赤ん坊をかかえながら働けたとしても、給料日がくる頃には干物になっているに違いない。

そおっとページをめくる。入金があった。

「ハナブサ　リク……誰？」

はじめて聞く名前だった。家を出てすぐスナックで働き出したはずだからお客さんなのかな。困窮《こんきゅう》するママを見て援助してくれたとか。〝ソノダ　マスミ〟名義で二十日前後にある入金はお給料だ。しょぼい金額が減ったり増えたりしている。反対に〝ハナブサ　リク〃名義は定額だ。毎月一日に、きっちり同じ額が入金されている。翌年も継続。

「……パトロン」

大金じゃないけど、毎月となるとかなりの額になる。ママのファンには会社経営者も多いからその類《たぐい》なんだろうけど、ハナブサなんて名前、一度も聞いたことがない。

「今もお金をくれてるのかな。それとももう中止してる？」

箱の中をさぐると、他にも何冊か使い終わった通帳が出てきた。その全部に〝ハナブサリク〃の名前が印字されている。前言撤回。これは相当な額だ。今も続いてるなら何百万円にもなってるし、途中でやめてても軽く百万円は超えている。

これだけのお金を払ってママが振り返らなかったら？　他の人と仲良くしていたら？　ましてやプロポーズなんて受けたら、間違いなく激怒だ。古参ファンだっていうプライドもズタズタにされ、怒《いか》りくるっても不思議じゃない。

――この人が犯人だなんてあまりにも安易な考えだろうけど。

でも、無関係じゃないかもしれない。

こんなに深く長くかかわっているのなら、なにか知っているかもしれない。

「ハナブサ、リク」

どうにかしてその正体を突き止めないと。

5

「お、ちいママじゃん！　おっつー」

おっつーってなんだよ、おっつーって。日本語使ってよ、日本語。最近のオヤジは日本語も使えないのか。ナゲカワシイ。

お客さんは四十代から五十代が中心で、三十代の黒《くろ》ちゃんは若い部類に入る。だからワカモノ風にノリよく来店したつもりなんだろうけど、私にとっては全員まとめておじさんだ。だいたい、なに言ってるかわかんないし。

「お疲れ様って意味よ、ななちゃん」

私があんまりにも変な顔をしていたせいか、ママが補足してくれた。今日のママはショートヘアのウィッグだ。キリッとした太眉に長めのつけまつげ、真っ赤な口紅にゴールドの大きめピアス、超絶ミニで細い足をこれでもかと強調する攻めのスタイル。私はシンプルに白いワンピースにゆるふわウィッグ。

店のドアを開け放った黒ちゃんが、補足したママを見て鼻の下を伸ばした。

「お疲れーしょんって言い方もあるんだぜ！」

知らないよ。ってか、聞いてないし。なぜだか自慢げに胸を張った黒ちゃんは、ひらひらと店に入るなりピースした手を目元に持っていき、下手《へた》なウインクまでつけた。ちょっとお酒が回ってるのか上機嫌。

「いやー、遠山《とおやま》さんが死んで、次は髙《たか》さんでしょ。もー俺びっくりしちゃってさー」

びっくりではあるけどショックではないらしく、そのままひらひらと奥のテーブル席に腰かける。ちなみに、謎のパトロン〝ハナブサ　リク〟の正体を探るべく、私は今日、ママといっしょにお店に来ている。ママを酔わせ、何気なくさりげなく、やつのことを聞き出しちゃおう作戦の真っ最中なのだ。

「黒ちゃんそこに座るの？　こっちにおいでよ」

見事なビール腹のおじさんが、カウンター席から心配そうに声をかける。奥は殺された遠山さんが愛用していた席だ。遠山さんが死んでから、誰も使おうとしなかった席でもあるそこに、黒ちゃんは平然と座っている。

「今日は混んでるからこっちでいいよ。ありがと、宮川《みやがわ》さん」

「寂しかったらこっちおいでね。席、あたためておいてあげるから！」

スツールをポンポン叩いて笑いを誘う。たしかに今日は混んでいる。っていうか、遠山さんと髙さんが亡くなって、ママがショックを受けてるんじゃないかと心配してくれた常連さんが連日詰めかけているらしい。店内の冷蔵庫じゃ対応しきれず、カウンターの中の冷蔵庫までビールが詰め込まれてフル稼動だ。

「ちいママ、ビールとサラミちょうだい。あと、適当に」

黒ちゃんのご指名に「はあい、ただいま」と返す。適当と言われたら、さきイカやちっちゃなマグロの加工肉、ビーフジャーキー、チータラみたいな乾き物セットを出すのが鉄板だ。満員御礼サービスでピスタチオも追加しておく。

「お、ありがと」

ビールといっしょにテーブルまで運ぶと、黒ちゃんがひょいっと立ち上がった。

「そういえばこの前撮った写真……あ、しまった。カメラ持ってきてないや。ほら、めぐママといっしょに出かける最中の写真、きれいに撮れてたからデータあげるよ」

「プリントしてください」

「わははは。了解了解」

なんでこの人こんなに機嫌がいいんだろう。ああ、ママ狙いだからか。ライバルが二人も減ってラッキーってクチか。でも、ここまであからさまな人は珍しいな。みんな、遠山さんたちの話をするときはちょっとだけ神妙な顔をするのに、黒ちゃんはあまりにも露骨すぎるっていうか。

……ちょっとさぐりでも入れてみるか。

「いいことでもあったんですか？」

「いやあ、いいことはないよ。ないけど、これから起きそうな予感っていうか、起こしちゃおうかなっていうか」

なんじゃそら。意味不明すぎる。

「ママがみんなのママじゃなくて、自分だけのママになるかもってこと？」

ライバルが減ったんだから、付き合える可能性が前より高くなってるって思ってるのかな。かなり望み薄な気もしたけど妄想するのは自由だし。そう思って同情する私に、黒ちゃんは「ちっちっちっ」と舌を鳴らして人差し指を左右にふった。

「違うんだなー。そりゃみんなのママから俺だけのママになったら嬉《うれ》しいけど、そうじゃなくて、ようやく俺にも運が回ってきたって話だよ。ついてるってことさ」

立ち尽くす私に、黒ちゃんは椅子《いす》に座り直してにやりと人の悪い笑みを浮かべた。

「だってこれスクープだよ。どう考えたって、俺が一番事件に近い」

「スクープ？」

たまに聞くけど、身近では使われない言葉だ。黒ちゃんの言う〝事件〟は、通り魔だの連続殺人事件だのと連日ニュースを賑わせてる遠山さんたちの一件だろう。でも、近いって変な表現だ。

「……黒ちゃんって、テレビ関係の人？」

「惜しい。記者だよ、記者。スクープで一発狙いの記者様」

自分で〝記者様〟なんて言っちゃうんだ……だけど、納得。立派なカメラも商売道具だったんだ。自分が通っていたお店の常連客が死んだ。しかも二人も。事件の真相を警察より先に暴けば、それこそ大スクープだ。

——この男、使える。うまく利用すれば、本当に事件が解決するかもしれない。

誰よりも先に、私が犯人にたどり着けるかも。

「手を組まない？」

大声を出さないと互いの声もかき消されてしまうほど騒音に包まれた店内で、私は小さな声で問いかける。聞こえなかったらこのままあきらめよう。ここがきっと、運命の分岐《ぶんき》点。私がかかわるべきじゃないと割り切ろう。

そう思った。

だけど、黒ちゃんは笑ったんだ。私を見て、とびきり無邪気に、悪意を込めて。

「喜んで」

この選択を後悔するときがくるかもしれない。

そんなふうに考えたのは私だったのか、それとも。


『A県I市で起こった二件の殺人事件は目撃証言も乏《とぼ》しく、捜査は難航しているもようです。間もなく夏休みということもあり、保護者から不安の声もあがっています。現場からは以上です』

竹やぶを背に、リポーターが語る。

『ありがとうございました。犯人が近くにいるのか、それともすでに逃走したあとなのか、捜査状況が気になるところですね』

中継が終わり、夏をイメージしたのか青い装飾が目立つスタジオが映し出される。神妙な顔で語るフリーアナウンサーの後ろにある大きなパネルには、遠山さんと髙さんの顔写真と現場になった竹やぶの写真、そのうえ、見慣れた建物の写真まで貼り付けてあった。

スナックふたまた。ママのお店だ。

少し調べれば、二人が常連客で、ママを巡って恋敵《ライバル》だったことなんてすぐにわかるだろう。痴情《ちじょう》のもつれか？　なんて無責任なことまで書いてある。

取材が来るのは時間の問題。スマホ片手に配信用の動画を撮る輩《やから》が来る可能性だってある。もしかしたら昨日お店に来ていて、こっそり撮っていたなんてことだって、十分に考えられる。

今さら躊躇《ためら》っている場合じゃない。

私が動かなきゃ。

「ななちゃん、それなに？」

テレビから視線をはずして名刺を睨《にら》んだら、レニが手元を覗《のぞ》き込んできた。

「フォトグラファー、黒屋敷《くろやしき》トオル？」

「昨日、黒ちゃんから名刺もらったの。普段は写真家として活動してるんだって。一発逆転スクープ記者は、一発が出ないとただの野次馬《やじうま》だから生活できないってぼやいてた。動画配信とかやったことあるけど、やりすぎて捕まったから、今はお見合い写真とか家族写真とかを撮ったり、映《ば》えるSNSの写真の撮り方指南とか、そういうことしてるってさ」

「その黒屋敷さんの名刺を、なんでななちゃんが持ってるの？」

——しまった。レニに見せるんじゃなかった。咎《とが》める声に私は反射的に首を引っ込める。

昼近くになって起床して、いつも通りのんびりママとブランチをとったあとレニが来て、連絡を取ろうかどうしようか迷いながら黒ちゃんの名刺を見ていたらニュースがはじまって、決意を新たにしたら思った以上にレニの反応が芳《かんば》しくない。これは怒っているときの声だ。

「ど、どんなお仕事してるのって訊《き》いたら名刺くれたんだよ。あいさつ代わり」

「名刺もらって迷ってるのはどうして？」

「迷ってるんじゃなくて、はじめてもらった名刺が珍しかっただけ。私も名刺作っちゃおうかなー」

「ななちゃん」

声がとげとげだ。なんとか穏便にこの場を切り抜けようと「ホントになんでもないんだって」と言い直し、じっと見つめてくるレニからの無言の圧に白旗をあげた。だめだ。無理だ。レニと戦って勝てるわけがない。

ベッドの上できちっと膝《ひざ》小僧をそろえて正座し、レニに白状した。

「黒ちゃんに犯人見つけるのを手伝ってもらおうかと思って」

「犯人って、殺人犯？　危ないよ！」

レニが顔色を変える。三〇三号室で荷物あさりを手伝ってくれたのは、安全だとレニが判断したからだ。だけど、ここから先は違う。黒ちゃんと手を組んだら、きっと今よりずっと犯人に近づく。それは同時に、買い物に出た私たちを見張っていた相手に、竹やぶで人を殺した殺人犯に、真っ向から対峙《たいじ》することを意味する。

「私一人じゃ犯人を見つけるのは無理だと思う。ハナブサリクが誰なのかもわかんないんだよ」

「はなぶさりく？」

「ママの部屋に古い通帳があったの。その人から何度も入金があった。もしかしたら犯人かもしれない」

「めぐちゃんに訊くとか」

「はぐらかすってわかってるのに？」

「……だからって、大人の男の人といっしょなんて……ななちゃん苦手でしょ？　男の人」

痛いところを突いてくる。

「得意じゃないだけだよ。それに、黒ちゃんはギリギリセーフ」

「ななちゃんが嫌悪するのは四十代から五十代の〝中年オヤジ〟だから？」

鋭い指摘にぎゅっと目をつぶる。いやなことを思い出しそうだ。

だめだ。

思い出すな。

忘れろ。忘れろ。

──ああ、どうしよう。

遠く窓ガラス越しに聞こえてくる蟬《せみ》の声が荒々しい息づかいにすり替わる。刹那《せつな》、ぶわっと鳥肌が立った。お店ならママが近くにいるから我慢できた。だけど、お店の外──ママがいない状況で男の人と会うことを想像すると、それだけで緊張してしまう。

「ごめん、ななちゃん」

床に座っていたレニが立ち膝をして私をそっと抱きしめた。

「ななちゃんは、めぐちゃんが大事なんだよね。めぐちゃんを守りたいんだよね」

「うん」

「私も同じだよ。だから、私もいっしょにやる」

「……え」

「黒屋敷さんといっしょに犯人を捜すんでしょ?」

「だ、だめだよ! レニは人と話すの得意じゃないじゃん!」

刑事が来たときだって怖がって隠れてしまうくらいだ。レニの場合、相手の性別や年齢なんて関係なく、私とママ以外の人間を避けてしまうレベルの人見知りだった。

「芸能人クラスのイケメンだったらちょっとテンション上がって話せるかもしれないけど、

黒ちゃんはどこからどう見てもそこらにいる普通のおっさんだよ⁉　レニ卒倒しちゃう！　ほら、ママといっしょに出かけたとき、事件現場でカメラ向けてきた人いたでしょ？　あの汚いおっさん！」

「ななちゃんひどい」

「だってホントのことだし！　レニは留守番！」

「でも……」

「もしも私になにかあったら……」

ぎょっとするレニの肩をつかむ。

「もしも、だよ。もしも私になにかあったら、私の代わりにママを支えられるのはレニだけなの。だからここにいて」

「そ、そんなの、だめだよ」

「大丈夫。その〝もしも〟を回避するために、黒ちゃんと手を組むんだから」

情報収集はもちろんだけど、安全の担保って意味でも有用だ。子どもの私が一人で行動するより、大人がいてくれたほうが絶対に危険は減る。

「黒屋敷さんが危ない人だったら？」

「だから名刺をもらったの」

ノートパソコンの電源を入れて、インターネットブラウザを起動させる。検索欄に〝黒屋敷トオル〟と入力してエンターキーを押すと、一番上にホームページが出てきた。今まで撮った写真と受賞歴、仕事の依頼ページにメールフォーム。ご親切に受賞歴のページには黒ちゃん本人の顔写真まで掲載されている。こうやって個人情報をさらしているなら無茶はしないだろう。それに、店内で私と黒ちゃんが話し込んでいる姿を見た人は多い。まっとうな感性を持っているなら安全なはずだ。

「危険だと思ったら全力で止めるから！」

涙目でレニが宣言する。

「うん。危険だと思ったら全力で止めて」

子どもの頃からレニはうちのママに懐いていて、私が嫉妬《しっと》するくらい仲が良かった。ママが「いつも黒い服を着て、日本人形みたいにかわいい子がいる」と自慢し、幼稚園の帰りに引き合わせてくれたのがレニだった。それ以来、私とレニは無二の親友だ。人と合わせるのが苦手だった私の唯一の友だちといってもいい。もしも――もしも、私がいなくなっても、レニにはママがいて、ママにはママを支えてくれる親友たちとレニがいる。でも、レニの親友は私だけで、ママの娘も私だけ。

私がいなくなったら二人が悲しむのは目に見えている。

だから無茶はしない。

不安げなレニに笑顔でうなずき、私は部屋を出る。そおっと忍び足でママの部屋に向かい、軽くノックをする。返事はない。

「ママ、起きてる？」

ドア越しに声をかけるも、やっぱり返事はない。なにもかもが整然とした部屋で、ママは食後の惰眠《だみん》を貪《むさぼ》っているらしい。私は「よし」とうなずき、ダイニングに移動して電話機に向かう。ああ。やっぱりスマホがあればよかったな。今さらだけど、最近妙にこの手の後悔が多い。

固定電話の白い受話器を持ち上げ、名刺に印刷されたスマホの番号を押す。

「……この番号も暗記しないと……いっそスマホ買ってもらう？　でもこのタイミングでほしいって言うのもちょっとなー」

ママによけいな心配をかけたくない。こっそり動いてこっそり犯人を見つけてこっそり解決する、それが私の理想。

呼び出し音が切れた。

『もしもし』

いつもどことなくおちゃらけた感じのする声が、受話器越しだと妙にかしこまって聞こ

番号ゲットしちゃった!』

『おお、ちいママじゃん! ってことはこの番号、家電? ラッキー。めぐママの自宅の

えてきた。

「私、悠久七緒《ゆひさなお》だけど」

おいコラおっさんって突っ込みをぐっと呑《の》み込む。

『マジでケータイ持ってないの? 今どきの女子高生なのに、ちいママは古風だねえ。なんか俺のガキのころ思い出しちゃう』

「そんなことより昨日の話!」

黒ちゃんの少年時代なんてどうでもいいのでさっさと本題に入る。「覚えてる?」と確認すると『もちろん』と返ってきた。声が急に低くなって、ちょっとドキリとした。殺された遠山さんが愛用していたあの席で見せた笑みが思い浮かぶ。

「調べてもらいたいことがあるの」

『お、いいねえ。ちょっと待って、メモメモ〜』

受話器からガサゴソと音がする。『どうぞ』と続いたので、私はゴクリと唾《つば》を飲み込んだ。先に進むための第一歩だ。犯人を見つける第一歩だ。だから私はひるんだりしない。

「ハナブサって人、知ってる?」

『はなぶさ？　どんな字書くの？』

「そ……それは、わかんないけど。ハナブサ、リクって人を、調べてほしいの」

『はなぶさりくねえ……オーケー、ちょっと心当たりあたってみるわ。時間ちょうだい』

「どのくらいでわかりそう？」

『うーん。まったく情報がないからなあ。一週間は見といて』

「無能」

　ぱぱっと調べられるのかと思ったら、まさかの一週間。楽勝だと思ってたせいでついつい本音が出てしまった。

『ヒドッ！　知り合いの探偵に頼むんだよ！　時短は無理なの！』

「わかった。じゃあ結果が出たら電話して。あ、電話は夜ね！　絶対夜！」

『はいはい、営業中ね。込み入った話だったら呼び出すかも』

　ママには内緒ってことを心得てくれている黒ちゃんだからか、細かい説明を省《はぶ》いても話が通じるのが楽だ。

　男の人と二人きり。私が苦手な中年オヤジって年代からは外れるけど、黒ちゃんも結局は〝年上の異性〟なせいかやっぱり得意とは言いがたい。できれば電話ですませたい。

「外出は昼間！　あー、でも暑いから外に出たくない～」

『わがままかよ』

適当に理由をつけて外出したくないアピールをしたら、電話越しに黒ちゃんがゲラゲラ笑った。『じゃ、また電話するわ』と、通話があっさり終わる。なんのかんの言いながらも忙しい人なのかもしれない。でも、断られる可能性も視野に入れてたから、一週間かかるとはいえ、人捜しを受けてくれたのはちょっと意外だった。

それだけ黒ちゃんにとって魅力的な事件ってことだ。

行きつけの店の常連が二人殺された。

「……っていうか、黒ちゃんも参考人とかじゃないの?」

遠山さんのことはよくわからないけど、次の被害者になった高さんとは仲が良さそうだったし、ライバルでもあったんだし。

「大丈夫かな」

「なにが?」

どくんっと胸の奥が跳ねた。ママだ。ママの声だ。私の真後ろから、ママが話しかけてきた。いつからここにいたの? どこまで聞かれた? 電話に夢中で全然気づかなかった。失敗した。さっき確認したときは寝ていたみたいで完全に油断した。

「ママ、起きたんだ」

「誰と電話してたの？　レニちゃん？」

「レニは、私の部屋」

「じゃあ誰？　ママの知ってる人？」

なんだろう。今日のママ、なんか怖い。いつもと違う。話し方も、声も、雰囲気も、まるで別人みたい。固まっているといきなり肩をつかまれた。冷たい指先に体がぎゅっと強《こわ》ばる。

「か、勧誘の、電話。ま、またかけてくるって言ったから、心配で」

下手な嘘《うそ》だとわかっていても、私にはそう答えるしかなかった。ママを不安にさせたくない。報道番組は連日無責任な情報を垂れ流し、ママのお店まで全国放送で流れてしまった。早く手を打たなきゃ取り返しがつかなくなるんじゃないかと不安になる。

「ごめんね、声、大きかった？」

「平気。ななちゃんが珍しく電話してるから驚いて出てきちゃっただけ」

肩から手が離れた直後、後ろからきゅっと抱きしめられた。

「ちょ、ママ重い！　重いったら‼」

ママがころころと笑う。ああ、びっくりした。バレたのかと思った。怒ってるのかと思った。でも、気のせいだったみたい。どうしたって未成年な私は、ママが本気でダメだと言えば自由に動けなくなる身の上だ。

だから、慎重に、気づかれないように。

――事件を解決するためには、私の力が必要なんだから。

6

それから本当に一週間、黒《くろ》ちゃんからの連絡が途絶えた。

マジかよ無能かよ、なんてくだを巻いていた夜、電話が鳴った。

「もしもし」

『ちいママ、おっつー』

またそれか。

「ちいママじゃなくて七緒《ななお》だから」

『七緒』

「呼び捨て禁止」

『七緒ちゃん、冷たい』

悪ノリする黒ちゃんにしょっぱい顔になる。「で？」と先をうながすと、わざとらしく咳《せき》払いが聞こえてきた。

『わかったよ、はなぶさりくの正体』

「え……」

『えって、なにその〝え〟って。まさか調べられないと思ったの？』

「だって全然連絡なかったし、お店にも来なかったし」

『なんだよ七緒ちゃん、お兄さんに会いたかったのかよー、照れちゃうなあ』

一日おきにお店に顔を出したのは事実だけど、ママの護衛も兼ねていたのでスルーだ。三十代なんて〝お兄さん〟じゃなくておじさんだけど、その点もスルーし「で？」と、もう一度先をうながした。黒ちゃんも律儀に咳払いで応じる。

『はなぶさ、りく。漢字だと英語の〝英〟の一文字で〝はなぶさ〟、りくは陸上の〝陸〟。ごくごく普通のサラリーマンだ』

「サラリーマン……」

毎月必ずママの口座に入金するのが普通のサラリーマン？　なんだろう。もっとすごい職業を想像してた。会社社長とか、部長とか、御曹司《おんぞうし》とか、……犯罪者とか。

「前科は？」

『七緒ちゃん、父親に前科ってハードなこと訊《き》くなあ』

「え？　父親？　誰が？」

頭が一瞬で真っ白になる。

『だからその英陸《はなぶさりく》って人。七緒ちゃんの父親で、めぐママの元旦那《だんな》だよ』

「DVの？」

『ありゃ、知ってたのか』

「名前は知らなかった」

ママを傷つけた男の話なんて聞きたくなかったから、話題にもしなかった。なんで私にはパパがいないの？　なんてありきたりな台詞《せりふ》も言ったことがない。私にはママがいれば十分だったし、レニもいたし、それで満たされていたから。

『めぐママ、あんま昔の話するタイプじゃないからなー。離婚調停で和解できなくて裁判までいったみたいだし、結構な泥沼劇っぽかったみたいだし』

離婚に応じてもらえなかったってことなんだろう。

『けど、なんで父親のこと調べてたんだ？』

「……毎月振り込みがあって、変なストーカーでもついてるのかと思って」

『振り込みって……ああ、養育費か。踏み倒すやつも多いのに』

黒ちゃんが意外そうにつぶやく。

『で、七緒ちゃんはそいつが犯人だと疑ったのか』

「他にそれっぽい人がいなかったから……黒ちゃんはどう思う？」

『うーん、逃げた女への執着かあ。そういう場合って、男の怒《いか》りは女のほうに行きがちなんだけどなあ。言い寄ってくる男を始末するより、逃げた女殺すほうが簡単だし』

「黒ちゃん」

『おっと、ごめんごめん。こっちでもう少し調べてみるわ』

慌てて通話が切れる。私が怖いのは、殺意がママに向かうこと。今のところ被害者はお店の常連客で、ママの知り合いばかりだ。

「父親、か」

離婚は十年以上前だ。もし犯人が英陸だとしたら、十年以上もママを監視してたってこと？　物陰《ものかげ》からじっとりと見つめてくる姿を想像するだけで鳥肌が立つ。異常な執着と独占欲――ママが結婚するかもしれないって気づいて、プロポーズしてきた相手を殺したんだとしたら、正気とは思えない。ママも危険だし、ママの周りにいる人も危険だ。

私は鍵をつかむと家を飛び出した。


ギンギンに冷房の効いた部屋とは違い、外はいつも通りすごい熱気だった。日が沈んだから少しはマシになるかと思いきや、湿度が高くて無風だから、熱気が体にまとわりついてきた。けれど、私はかまわず走り出した。竹やぶの道は近道だけど、夢のことを思い出し、夜は気持ち悪くて歩けない。

遠回りだけどミカン畑の小径《こみち》に向かった。

「うわ、物好き」

縮小された規制線を面白がって見にくる人がいる。ライトで竹やぶを照らし、写真まで撮って騒いでいる。そんな様子を遠巻きに、私はお店に急いだ。店の外には明らかにいつもの客層とは違った人たちがスマホ片手にたむろしていた。

「被害者がここの常連って話でさー」

「殺人鬼が常連なんだろ？　犯罪ジャーナリストが言ってた」

「あー。店のママをめぐるトラブルって話？」

「わかる！　ママがめっちゃ美人なんだよ！　毎日髪型とか雰囲気とかガラッと変えてきて、まとめサイトで写真が載っててさ！　俺結構好みなんだよ！」

は？　まとめサイト？？

「俺も殺人事件よりスナックのママのほうが気になる。誰か店入らないの？」

残念。ママはお金持ちにしか興味ありません。っていうか、それ肖像権侵害じゃない？

ニュースとかテレビの報道番組ではモザイクかかってたから盗撮されちゃったのかな。迷惑だなあ。

「つか、普通こういうときって店閉めない？　メンタル鬼かよ」

動画を撮りながらケラケラと笑う人までいる。ああ、やな感じ。動画に映り込まないように無関係な少女Aを装っていったん店を通り過ぎ、裏に回ると鍵を使って店の裏口から店内に入った。

「うわ、満席」

減るどころか増える客の一部は絶対に野次馬《やじうま》だ。動画配信者だ。スクープ狙いの冷やかし客だ。会社帰りのサラリーマンとは違う、ドクロ柄やよくわからないロゴの入った派手なシャツを着たチャラチャラした男たちにちょっとひるんだ。

「ななちゃん⁉」

ママがぎょっとしながら小走りで近づいてきた。

「今日はだめ。野次馬に見つからないうちに帰りなさい」

「でも、お店が……」

「大丈夫。お客さんたちが助けてくれるから」

店内に向けてスマホを構える男の前に、どっしりビール腹の宮川《みやがわ》さんが「ちょっとごめんねー、撮影禁止なんだよー」と邪魔しに入る。「ほらほら、座ったらまず注文！　え、メニューわからないの？　じゃあおじさんが適当に注文してあげようか。まず店で一番高いボトルを入れる、これがいい男の証《あかし》！」なんて無茶苦茶なことを言って一見《いちげん》のお客さんを追い出す常連さんまでいる。

「強っ」

「ね、ママ愛されちゃって困っちゃう」

うふふ、と、ママが笑う。今日は金髪ストレートのウィッグに真っ赤なパーティードレスでキメキメだ。いつになく派手な化粧で、どうやらママもこの状況を楽しんでいるっぽい。強いなあ、と、私もつられて笑った。

外にいる野次馬が、さらに盛り上がっちゃいそうで不安ではあるんだけど。

「さっき刑事さんが来たんだけど、同じ調子で追い出しちゃったのよね。公務執行妨害で逮捕されないかちょっと心配」

「営業妨害で訴えちゃえ」

「いい考えね、さすがななちゃん」

バチンとウインクする。そんな無茶はしないだろうけど、笑顔のママを見てると本当にやっちゃいそうでドキドキしてきた。

「ねえママ、訊いてもいい？」

「答えてあげたら素直に帰ってくれる？」

「――うん、帰る」

うなずいて、まっすぐにママを見る。

「どうして離婚したの？　ＤＶ男だったから？」

突飛《とっぴ》な私の質問にママが驚いたように目を瞬《またた》く。そして、すぐにうなずいた。

「そうそう、ＤＶするクズ。暴力とか、暴言とか、経済的なＤＶとか、束縛とか、すごかったのよ。それに、離婚しないとみんなと会えなくなっちゃうと思って」

「みんな？」

ママの両親――私のおじいちゃんとおばあちゃんは、私が生まれるずっと前に火事で亡くなったと聞いている。だから一瞬、誰のことを言っているのかわからなかった。

「友だちとか、ななちゃんとか」

「私も⁉」

友だちはイチローくんたちのことだろう。でもまさかそこに私まで加わるなんて。仰天する私に、ママはご立腹だ。

「そ。ひどい男でしょ。ママを孤立させる気だったの。だから逃げるしかなかった。ななちゃんたちといっしょにいるために」

　わが子とまで離ればなれにする気だったって、ちょっと異常としか思えない。

「今も連絡を取ってるの？」

「ん？　連絡？　離婚のとき、接近禁止命令出してもらったわよ」

　思った以上に大ごとになっていて驚いた。そういえば黒ちゃんが、裁判で離婚したって言ってたっけ。

「会いに来たら警察呼んで即訴えちゃう。ママ強いんだから」

「じゃあ、会いに来たことはないの？」

「来たかどうかは知らないけど、会ったことはないわよ」

　こっそり見守っている可能性は残ってるのか。そう納得したとき、ふと、思い出した。

《んー。じゃあシンクロとか？》

　レニの言葉。

《ななちゃんだってそういうのテレビで見たことあるでしょ。離ればなれで育った双子のきょうだいのドキュメンタリーみたいなやつ。好みが同じとか、意識を共有するとかみたいなの》

　人を殺す夢を見たと訴えたとき、レニが私にそんなことを話した。

犯人がストーカーだとしても容疑者を父親に限定するのは危険だし、レニの言葉を鵜呑《うの》みにするわけじゃないけど、でも。

殺人現場の夢。意識の共有。双子のきょうだい。

私はじっとママを見つめる。

「ママ、正直に答えて」

「な、なに、急にあらたまって」

「私にきょうだいっている?」

「え……」

あからさまな動揺。私に物心がつくずっと前、ママは離婚して家を出た。母一人子一人の生活が普通で、それが私のすべてだったから、深く追求することはなかったけれど。

「いるの、きょうだい?」

「……いる」

うなずくママに啞然《あぜん》とする。世界がひっくり返ったような衝撃だった。ずっと一人っ子だと思ったのに、まさか本当にきょうだいがいるだなんて。じゃあ、人を殺す夢も、買い物に行ったときに感じた視線も、レニと話し合ったとおり全部そいつが原因だったってこと? 父親のもとから逃げ出して、ママに言い寄る男を見て逆上したの?

だめだ。混乱する。

そもそもどうやって被害者《ターゲット》を絞り込んだの？　交友関係を知ろうと店に出入りしようものなら子どももすぎてママが気づくはずだ。店に入らず、店の中のことを細かく把握するのは難しい。これじゃ本当に犯人を捕まえなきゃ真相がわからない。

「ごめんね、黙ってて」

「ど……どうして、黙ってたの？」

なにをどう尋ねていいのかもわからず、ママの言葉をそのまま質問し返した。ママはがっくりと肩を落とした。

「だって、あいつがななちゃんにはきょうだいなんていないって言い出して、いつの間にかななちゃんだけになってたんだもん」

「なにそれ」

DVだけでもあり得ないのに、息子まで連れ去ったってこと⁉　信じられない！

「いつ言おうか迷ってて、でもこういうのって自然に気づいたほうが傷つかなくてすむでしょ？　だから自然に任せようかなって思ってて」

ママはもじもじと続けた。

ここら辺の感性は、私には理解不能だ。子どもを二人育てるのが大変で、息子を取り戻すことをあきらめ娘だけ連れて家を出た後ろめたさはなんとなく理解できる。だからずっと黙っていたんだと言われれば仕方ないとも思う。でも、離婚して別々に暮らしているのに、どうやったら自然に気づけるんだろう。もしかしてママは再構築を望んでてDV男とこっそり連絡を取ってたってオチ？　会いに来たら訴えるって言ってたのは、〝許可なく会いに来たら〟って意味だったのかな。そうだとしたら、問い詰めるのは悪手ってやつだ。恋愛は反対されれば燃え上がるって言うし。私が拒絶することでDV男と完全によりが戻ったら、初対面みたいな怖いおじさんと同居なんて状況になりかねない。そのうえ引っ越してレニに会えなくなったら最悪だ。

——なにより、殺人鬼と一つ屋根の下なんて、考えただけでぞっとする。いくらきょうだいでも、相手に同情するところがあったとしても、やっぱり無理だ。

「ななちゃん？」

「ごめん、ちょっと混乱してる」

「急に言われても困っちゃうよね、ごめんね」

オロオロと謝罪してくるママに溜息が出た。

人を殺す夢を見て、もしかしたら私が殺したんじゃないかとあんなに悩んでいたのに、蓋《ふた》を開ければこんなに単純な事件だったなんて——怯《おび》えてバカみたいだ。

夢のなかの感覚からして、たぶん、犯人は私とそう違わない、身長も体格も同じくらいのきょうだいだった。

「今日はいったん帰るね」

「うん。――あ、ちょっと待って」

裏口に向かう私をママが呼び止め、ちらりと店内を見る。ぱっと目が合ったのは、チビで太っていて眼鏡で、清潔感だけはある冴えない中年のおじさんだった。

「あ……」

思わず声を出してしまったのは、特段に苦手な相手だったから。それをママに伝えたら、うまく距離を取ってくれてしばらくは店に来なかったのに。

「ママ！」

咎《とが》める私に、ママは「だって～」と唇を尖《とが》らせる。

恋愛は反対されれば燃え上がる。どうしてママはこうも予想通りなんだろう。

「テレビ見て、みんな心配してお店に来てくれてるでしょ？　先生も心配で様子を見に来てくれたの。久しぶりに来たついでにボトルも入れてくれたのよ、一番高いやつ！　お酒はたしなむ程度って言ってたのに」

呼んでもいないのに、先生が「トイレトイレ～」と、変なアピールをしながら近づいてきた。チラチラと私とママを見比べるのは、言葉遣いが丁寧で、物腰が柔らかく「なんとなく知的っぽい」っていう変な評価から、みんながいつの間にか〝先生〟って呼びはじめて、すっかり気をよくしている九条《くじょう》っていう男。実際の職業は知らない。ママに色目を使う人はよくいるし、これがママの娘か！　みたいに私も注目はされるけど、毎回上から下まで舐《な》めるように私を見てくるのはこいつだけだ。小太りなくせに意外に素早い身のこなしで椅子《いす》や人をよけ、私が逃げる間もなくやってきた。

「ちっ」

「こらななちゃん、舌打ちしない」

「だってー」

一応お客さんだし、見つかっちゃったらあいさつしないわけにはいかないのはわかってるんだけど、こればかりは仕方ない。生理的にだめってやつなんだから。

「七緒さん、来てたんですね」

二重顎《あご》をぷるんぷるんと震わせながら、先生がへにょりと笑う。みんなの警戒心を瞬く間に溶かす笑顔だけど、私には胡散《うさん》臭くてたまらない。こいつ、目が笑ってないんだ。眼鏡の奥でじいっと私を観察しているのがバレバレだ。

本当、気持ち悪い。

それでもあいさつをしなきゃいけない。

「先生、いらっしゃい。ママのためにありがとうございます」

「いやいや、僕ができることなんてこれくらいだから」

高価なボトル一本ですっかり常連客に戻った気になっているらしい。まあ、遠山《とおやま》さんがボトル入れてくれてからずっと売れなかったから、ママも上機嫌なんだろうけど。

「先生、この子、送ってもらっていいですか？」

いきなりとんでもないことを頼んでくるママに先生はこころよくうなずき、私は震え上がった。

「僕もちょうど帰ろうかなって思ってたところです。タクシーでいいですか？」

「一人で帰れる！」

慌てる私に、「送っていきます、ちょっと待っててください」と先生は笑って、席に戻ると質素な黒いカバンと上着を手に素早く戻ってきた。うえええええ。本当に送るつもりだ。最悪だ。来なきゃよかった。

ボトルは先に会計をすませているらしく、先生はカバンから取り出した財布から一万円を抜くとママに渡した。

「おつりはとっといてください」

キリッと格好をつけてから、私に向き直る。

「行きましょうか。めぐみさん、すみませんがタクシーをお願いします」

「ほ、ホントに、一人で帰れるから」

「帰り道で降ろすだけです。僕の家は住宅街の中間にあるんです」

それならたしかに途中だけど、とにかくいやすぎる。なのにママはニコニコだ。

「よろしくお願いします、先生」

よろしくない！

「任せてください！」

任せてない！

お酒が回った赤ら顔を先生がほころばせる。ああ、どうしよう。ママのターゲットがまた先生に戻ったみたいだ。お金持ちで優しい人、ママの希望はこの二点。外見がママと全然つり合わなくてもママは気にしない。根っからのダメンズハンターのくせに、全然懲《こ》りてない。呆《あき》れすぎて溜息も出ない。

「じゃあめぐみさん、また来ます」

私は異性が苦手だ。中年オヤジなんて、本当は視界にすら入れたくない。そのことをママから聞いているのか、先生は私から十分に距離を取りつつ店を出た。店の表にいた野次馬が増え、動画を撮っている人までいる。先生は「おや」と呑気《のんき》に声をあげ、動揺一つ見せずに店から離れた。冴えない外見から小心者を連想させるのに神経は図太いらしい。

それにしても、警察はなにしてるんだろう。

私がしっかりしなきゃ。


翌朝、アパートに来たレニに、私は怒りをぶつけた。

「ママが先生と付き合うかもしれない！」

「先生って、チビデブ眼鏡の九条先生？」

別に容姿で嫌ってるわけじゃないけど、レニに説明するときにわかりやすく伝えたら、しっかり記憶にインプットされたらしくて過激な言葉が返ってきた。否定する要素が何一つないから私もうなずく。

「そう、チビデブ眼鏡の!!　私、先生のこと苦手だって言ったのに！　私がいやなら付き合わないって言ったのに！　ママの嘘《うそ》つき！」

「再婚するの？」

「阻止する」

「ななちゃん、おとなげない……」

「子どもだもん！」

十五歳舐めんな。全力で否定することなんてちっとも恥ずかしくないんだぞ。

「めぐちゃんの恋愛なのに」

「だけど家族のことでしょ。私のパパになるかもしれないんだよ⁉　いっしょに暮らすかもしれないいんだよ⁉　無理！　絶対無理だから‼」

ねっとりした視線を思い出すだけでぞわっと鳥肌が立つ。タクシーでは先生が助手席に乗って私に後部座席をすすめてくれたから、そういう配慮はしてくれるタイプだとわかったけど、それでもだめなものはだめなのだ。私の全細胞が訴えている。

「レニだって気軽に家に来られなくなっちゃうかも。あの人、たぶんロリコンだよ！」

ひっとレニが青くなった。

「そ、それは、だめだと思う」

「でしょ！　付き合うの反対！　再婚なんてあり得ないから！」

話しているとだんだん鼻息が荒くなった。ベッドにあぐらをかいて身を乗り出すと、レニは「おう」って拳《こぶし》を突き上げた。よし、二対一だ。ママを説得して考え直してもらおう。

「それで、黒屋敷《くろやしき》さんからは連絡あったの？」

「黒ちゃん！　そうだった、そっちの話忘れてた！」

先生がまた店に来るようになったことにびっくりしすぎて、すっかり話すのが後回しになっていた。私は正座してレニを見た。

「ハナブサって人、私の父親だった」

「え？　じゃあ通帳のお金って」

「養育費だったみたい。裁判までして別れたのに、今も連絡取り合ってるかもしれないんだよ。それって未練があるってことじゃない？」

「ななちゃんのパパが、めぐちゃんを他の人に取られたくなくて……」

うーん、やっぱりその線で考えちゃうよなあ。

「それも可能性はゼロじゃないけど」

「けど？」

「――私にきょうだいがいたの」

「ななちゃんにきょうだい……」

レニが絶句した。わかる。普通は知ってるでしょ、とか思われていそう。父親がクズ男だって話すママに同情して、私はそれから家族のことを一切聞かなくなった。まさか今になってきょうだいがいたことを知るなんて思いもしなかった。

「英陸がママに執着してる可能性は捨てきれない。だけど」

「夢のことが引っかかる？」

レニの問いに私はうなずく。

「私のきょうだいがママの再婚相手に殺意を向けてる。それを私がキャッチしてるんだって、そう思う。殺人鬼は――」

「ななちゃんのきょうだい」

同じ結論にたどり着くレニに私は背中を押された気分になる。もちろん、お店に来るお客さんや英陸が犯人である可能性がなくなったわけじゃない。けれど、限られた人員で短時間に成果を得たいなら、一番確率が高いところから順に調べていくのが定石《じょうせき》だ。

私はそのままきっぱりと決意表明をした。

「だから私、会いに行こうと思うの」

断言する私に、レニは戸惑って、一瞬だけ口ごもった。

「――会いにって、まさか」

わかっているけど認めたくない、そんな表情だ。私はうなずいて言葉を続けた。

「私のきょうだいに」

「だ、だめだったら！　どうしてななちゃんは危険なことに首を突っ込もうとするの！」

レニが目を剝《む》き、当たり前のことを言う。でも、そんなこと言ってられない。ここで立ち止まったら、最悪の事態だってあるかもしれないんだから。

「じっとしてたら解決しないでしょ」

「黒屋敷さんだってきっと反対するよ。そんな危ないことさせられないって……」

黒ちゃんが？　ないない。絶対ない。

「黒ちゃんなら面白がりそうだけど。あの人、スクープ狙いの記者だし」

「とにかく、私は反対」

「——一人でも行くよ。っていうか、もともと一人で行くつもりだった」

「ななちゃん！」

「身内が犯人とか、さすがにちょっとネタとして扱われたくない」

自首してほしいっていうのが本心だ。まあ、私が説得できるとは思わないけど。でも、ちゃんと向き合わなきゃいけないって思うし。

「ななちゃん……」

「私は、本当のことが知りたいの。本当のことを知ったうえで犯行を止めたいの」

真剣に訴える私の顔をじっと見つめたレニは、深く長く溜息をついた。そして「わかった」とうなずく。

内気なくせに、人見知りなくせに、レニは積極的なところがある。今度は私が慌てる番だった。

「私も行く」

「レニは留守番！」

「犯人に会うかもしれないのに、ななちゃん一人でなんて行かせられない」

い、言うんじゃなかった！　隠し事はなし、なんて思って話したばかりにレニのやる気に火がついたみたいだ。

「黒屋敷さんといっしょに犯人を捜すって言ったときも留守番って言われて、私ちょっと怒ってたんだよね。今度は譲りません」

「レニ〜」

「ななちゃん一人で危ないことはさせられないよ。知ってるでしょ？　私は、ななちゃんも、めぐちゃんも、どっちも大事なの」

「ううう」

断らなきゃいけないのに、ちょっと嬉《うれ》しいと思っちゃう自分の弱さが憎い。「そうと決まればまずやることは？」レニに訊かれ「黒ちゃんと連絡を取って、英陸の居場所を吐かせる」素直に答えると、「そうそう、その調子！」レニが笑った。

「犯人像はいろいろあったけど、最終的にはきょうだい犯人説になっちゃったね。シンクロって、海外の再現ドラマだと感動秘話みたいな流れになるのに」

残念そうにレニが眉をひそめる。

「感動とか微塵《みじん》もないけど、これで殺人事件が止められるなら——……」

あ、せっかくだから先生も殺してくれないかな。あの人、本当に気味が悪いんだ。人のことじろじろ見て、いっつも目で追ってきて、はじめて会ったときからまるで観察でもするみたいでずっといやな感じがしてた。店に来なくなって安心してたのに、まさかまた来るなんて……最悪だ。

あの人も、死んじゃえばいいのに。

「ななちゃん？」

万能包丁で胸をひと突きされて、この世から消えちゃえばいいのに。

「ななちゃん⁉」

肩を揺さぶられ、私ははっとする。

「どうしたの、ぼうっとして」

「え？　あ……うん、なんでも……ない」

——私、なにを考えてた？　今、なにを。

ぞっとした。いくら嫌いだからって、死ねばいいなんて。

「く、黒ちゃんに電話しよう」

慌てて部屋を出て、足を止める。ダイニングにママがいた。いつも寝てる時間帯なのに、テーブルの上には買いだめしたお菓子の残骸《ざんがい》と飲みかけのペットボトル入りの炭酸、それにブラックの缶コーヒーが置かれていた。ママはスナック菓子は好きじゃない。炭酸も飲まないし、家で飲むのは激甘のカフェオレだ。

「誰か来てた？」

びっくりして尋ねると、ママが男物の腕時計を撫《な》でながらうなずいた。

「さっき、イチローくんと三郎《さぶろう》くんが来てたの。時計止まっちゃったって話したら、電池くらい自分で入れ替えろって三郎くんに怒られちゃった」

さすが三郎くん、ママが甘えてもびくともしない。って、ちょっと待って。

「イチローくんたちが来てたの⁉　なんで呼んでくれないの⁉」

ネクタイピンのときといい今回といい、ときどき家に来ているようなのに一度も会ったことがない。

「だってななちゃん、男の人は苦手でしょ？」

「苦手なのは中年オヤジ！　イチローくんたち中年オヤジなの⁉」

「ママと同い年」

イヤミのつもりで言ったのにさらっと返ってきた。

「知ってるよ！　イチローくんたちと会ってみたいって何度も言ってるじゃん！」

「そうだっけ？」

「そうだよ！」

ママを支えてくれる親友なんだから会いたいのに！　毎回忘れちゃうんだもん！

まあ、金銭面はからっきしで支えにはなってくれてなかったみたいだけど……しょぼい通帳を思い出し、だからイチローくんたちは〝親友〟止まりなんだと納得する。お金のウエイトって、ママの中ではかなり大きいんだよな。

「でも、ななちゃんずっとレニちゃんとおしゃべりしてたでしょ？」

夢中でしゃべっていたし、聞かれたら困るからそっとしておいてくれたのは嬉しい。だけど、そういう心遣いより一声かけてくれたほうが嬉しかった。

「イチローくんたちに会いたかったのに～。なんで友だち全然紹介してくれないの？」

いつも事後報告ばっかり。不満を訴えるとママはきょとんとした。

「九条先生紹介したじゃない」

「先生はお客さん！」

たしかに紹介はされたけど、先生はお友だち枠じゃない。それに、苦手だって何度も言ってる相手だ。ママは子どもみたいに頬《ほお》を膨らませた。

「だってななちゃんに紹介すると、ママのお友だちがいなくなっちゃう」

「なんで⁉」

「レニちゃんみたいにななちゃんに夢中になったらママ独りぼっちになっちゃう」

「ならないよ～。レニは私と年齢が近かったから仲良くなったの」

「うーん。じゃあ今度、ゴマちゃん紹介してあげる」

「他は？」

「そのうちにね。それより、なにか用事があったんじゃないの？」

ママの言葉に、とっさに電話を見てしまった。慌てて視線をはずして「なんでもない」と自室に戻る。

「うう。電話無理。ママがダイニングでくつろいでる」

「どうするの、ななちゃん」

お店にも電話があるけど、昼間から鍵を持ち出せばママに問い詰められる。となると公衆電話を使うしかない。公衆電話があるのは駅前で、徒歩十分の道のりだ。炎天下に十分――地獄《じごく》だ。でも、行かないと黒ちゃんと連絡が取れない。

「スマホほしい」

十五年生きてきて、まさか、小さくて高額な通信用アイテムを切望するときがくるなんて考えもしなかった。

黒のノースリーブにカーキ色のワイドレッグパンツを合わせ、カゴバッグの中に財布とハンカチを突っ込み、白のニットカーディガンを肩に引っかけて再び部屋を出た。

「ななちゃん、お出かけ？」

「うん。ちょっと買い物。お昼ごはんは外で食べてくるから、ママも適当に食べてて」

「ママもついていっちゃおうかな～」

「だめ！」

反射的に声が出た。ママが驚いて私をじっと見つめてくる。

「え、あの、今日はレニと二人でぶらぶらウインドウショッピングしようと思って。バーゲン、この前やってたでしょ？　やっぱ買っておけばよかったなって服があって」

「……そう。お金は？　お小遣い、足りる？」

「うん、大丈夫」

私の声、裏返ってない？　不自然じゃない？　ママは笑ってるけど、私のこと疑ったりしてないよね？　私、ちゃんと笑えてる？　だめだ、口元の筋肉が引きつってる気がする。

嘘がばれそうな気がする。

「ママ」

声が震えてる。どうしよう。止められちゃうかも——。

「いってらっしゃい」

ビクビクする私に、ママがとびきりの笑顔でうなずいた。

「危ないから明るいうちに帰ってくるのよ。遅くなるようだったらタクシー拾って……あ、やっぱりお金渡しとく。いい？　夜道は危険だから、とくに今は注意しなきゃだめ。不安だったらお店に来ること」

私の手に一万円を握らせて念押しする。ショッピングをしてスイーツを食べ、思い切り楽しんでからタクシーで帰ってこいって言ってくれてる気がして、胸の奥がジンとした。

「うん。いってきます、ママ」

大好きなママが安心して暮らせるように、私は私の最善を尽くす。

私は一万円札を握りしめ、三〇二号室をあとにした。


「うえええ、無理ー。溶けちゃう！　蒸発しちゃう！」

もうすぐ八月、夏本番。ヤバい。世界が沸騰《ふっとう》してる。吸う空気も、吐き出す息も、なにもかもが灼熱《しゃくねつ》だ。日陰を探し、日差しから逃げるようにしながら駅に向かう。なんで野次馬は炎天下でも元気に歩き回れるんだろう。事件現場の竹やぶは、ちょっとした観光地みたいに人が集まっている。

「暑いねえ」

私に合わせて暑さを語るレニは、言葉とは裏腹に汗一つかかずに涼しげだ。日焼けもしない白い肌に、黒いワンピースがいつも通りよく似合う。

小走りで移動したら、いつもより少しだけ早く駅に着いた。汗だくになったけど。そして、目的の電話ボックスはサウナどころかオーブンだった。

「なんでガラス張りなの！　こんなの使うなって言ってるのと同じでしょ⁉　エアコンつけてよ！　私が蒸し上がっちゃう‼」

受話器なんて触れないくらい熱い。上着で包んで持ち上げ、十円玉を五枚投下し、黒ちゃんの名刺片手に番号を押した。

「出ろ出ろ、さっさと出ろ、今すぐ出ろ、出なかったら呪うから！」

『もしも……』

「遅い‼」

『え、今三コールくらいで出たけど!?　って、その声、七緒ちゃん?』

「そう、私！　英陸ってどこに住んでるの!?　教えて！　今、すぐ!!」

『なに?　新ネタ?』

　あからさまに黒ちゃんの声が弾んだ。でも答えるよゆうなんて、今の私にはない。滝のようにしたたる汗に服があっという間に湿っていく。汗が目に染みて開けているのもつらい。呼吸するだけで喉《のど》が焼けそうだ。

「電話ボックスでタンドリーヒューマンができそうなの！」

『えーっと?』

「早く！」

『ああ、はいはい。えっと、英陸の住所ね。K県のY市……』

　バッグをさぐってメモ帳がないのに気づき、慌てて肩と耳で受話器を挟むと湿った手のひらにボールペンを押しあてる。濡《ぬ》れてるせいか書きづらい。それでも最後までなんとか住所を書き取った。

『でもこれ、離婚前の住所だから引っ越してる可能性があるんだ』

「とりあえずありがと！」

『で、どうして住所が必要な――』

ガチャン。

黒ちゃんがなんか言ってたけど、私はさっさと受話器を戻した。だって暑いし、答えてたら本当に蒸し上がっちゃいそうだし。

「ななちゃん、訊けた？」

電話ボックスから出て、心配顔で待っていたレニに大きくうなずく。

「すごい汗。大丈夫？」

「全然大丈夫じゃない。干からびちゃう」

慌てて駅に逃げ込んで、自販機でお茶を買って一気飲みした。生き返る……って、息をついて、ふと、時刻表を見る。Ｋ県。行って行けない距離じゃない。だけど離婚前ってことは十年以上前ってことだ。黒ちゃんが心配してたみたいに無駄足になる可能性がある。

どうしよう。どうするのが正解だろう。

「行ってみる？」

会いに行く、そう宣言したにもかかわらずこの期《ご》に及んで尻込みする私に、レニがまっすぐ問いかけてくる。私はこくりと唾《つば》を飲み込み財布が入っているバッグを押さえた。

お金はある。時間もある。黒ちゃんから住所も聞けた。

必要なものはすべてそろっている。

「──行こう、レニ」

ママに暴力をふるった男。私の父親。

本当は、会うのが怖い。きょうだいだって、予想通り人殺しだとしたら碌《ろく》なやつじゃない。会わずにすむならそうすべきだと思う。

心が揺れたとき、ママの笑顔を思い出した。

逃げるわけにはいかない。これはきっと、ママを守るための最短ルートだ。

私は足を踏み出した。

7

女性の駅員を探し、若い駅員を探し、どちらもいないときはできるだけ声をかけやすそうな駅員を探し、何度も乗り継ぎ駅を聞いた。中年オヤジが嫌いだなんて言っていられる状況じゃなかった。迷わずスムーズに乗り継ぎできたのに、目的の駅にたどり着いたのは、それからたっぷり三時間後だった。帰りも同じ時間がかかるのかと思うとすべてリセットしたくなる。

「ななちゃん、歩ける？」

現実逃避して改札口で顔をおおって項垂《うなだ》れていたら、レニに心配されてしまった。もちろん歩く。せっかくここまで来たんだから、ここで帰るわけにはいかない。駅員に住所を伝えると、おおよその場所を教えてくれた。

「やるじゃない、駅員」

駅周辺も把握してるなんて。おまけに「同じような借家がいくつも建ってるので、このあたりでもう一度訊《き》くといいですよ」とアドバイスもくれた。ここからまた外かとちょっとうんざりしていたけど、なんとなく希望が見えてきた。

再び日陰《ひかげ》を探しながら移動し、ときどき立ち止まって電柱にくっついている番地の印刷されたプレートで現在地を確認する。

「……スマホがあるとよかったねえ」

「言わないで」

家から出ない、出ても行く場所はほぼいっしょ。友だち《レニ》は毎日遊びに来てくれる。家族《ママ》とは家で会話すればオーケーなんて生活をしていたから、本当に必要性を感じなかったんだもん。持ってても使わないと思ったんだもん。

肩を落としつつ歩いていると、駅員が言ったとおり同じような家がずらりと並んだ場所にたどり着いた。借家ってあんまりイメージがなかったんだけど、本当に同じ外装の平屋ばかりで驚いた。築四十年は軽くすぎているような古めかしい家には、それぞれ住む人の個性が表れていた。軒《のき》先や家周りがきれいに片付けられているところもあれば、壊れた自転車やゴミ袋が詰まれた家、小さな子がいるのかものすごい量の洗濯物が干してある家もある。プランターに野菜ばかり育てていたり、変な置物で家の周りを囲っていたり、お水を入れたペットボトルが並んでいたり。

「えーっと、はなぶさ、はなぶさ……って表札は？」

ない。わりと高確率で表札のない家が多い。生活感はあるから、わざと出さないようにしてるんだろう。だから駅員も尋ねるようアドバイスしてくれたんだ。

「こ、声、かけるの？」

さっそくレニが人見知りを発動している。眺めてるだけじゃ見つかりそうもないから、日陰を探しつつ様子をうかがっていると、プランターの野菜に水をあげようと緑のじょうろを手に白髪をひとくくりにしたおばあさんが出てきた。真っ赤なトマトを見て嬉《うれ》しそうに目尻を下げ、ナスとキュウリに口までほころばせている。

「すみません」

声をかけながら近づいていくと、ちょっと驚いたように顔を上げた。しわくちゃだ。でも、どことなく上品さもある。

「少しおうかがいしてもいいですか？」

隣の平屋の壁にぴたりとくっついて様子をうかがうレニに苦笑しつつ、私はおばあさんに近づいた。じょうろを足下に置き、おばあさんが私に向き直る。

「なんでしょうねえ」

「この借家に、英《はなぶさ》って人は住んでますか？」

「……はな……？」

「は、な、ぶ、さ、です。はなぶさ、りく」

「ああ、英さんね。ええ、住んでますよ。一番端っこのお家《うち》ですね。借家が三列建ってるでしょ。一番最後の、一番奥」

「いるんですか⁉」

驚いた。十年以上前の情報だったから、転居だって十分にあり得たはずだ。そうなったら探し出す自信がなかったからよかったんだけど——でも、近くにいるんだと思ったらドキドキしてきた。どこかで鳴いている蟬《せみ》の声が、急に遠くなる。

そうか。私の父親は、ずっとここにわが子と住んでたのか。古くて、広いとはいえないこの借家に。

「英さんの、お知り合い？　お子さんかしら？　そういえば、ずいぶん前に離婚したって聞いてるわ。お父さんに会いに来たの？」

「違います！」

とっさに否定し、驚くおばあさんに作り笑いを向ける。声が大きすぎた。なんか、ここで肯定するとママを裏切ったようでいやだった。

「し……親戚です。ちょっと、話したいことがあって、来ただけで」

「あらそうなの。暑いのに大変だったわねえ」

「――お……おじと会うのは久しぶりで……そ、そういえば、再婚したとか、しなかったとか」

事前に情報がほしくて適当に話題をふってみた。するとおばあさんは首を横にふった。

「お一人のはずよ。私が引っ越してきたのは十年くらい前だけど、ずっと一人だったわよ。真面目で物静かないい人だから、すぐに好《い》い人ができるって思ってたんだけど」

「真面目で、物静か」

DV男が？　外面《そとづら》がいいって意味なのかな？　お酒を飲むと豹変《ひょうへん》するとか、怒ると手がつけられなくなるとかそういうタイプで、身内以外には本性がバレていないのかも。

「じゃ、じゃあ、――彼は？」

私のきょうだいはどんなやつなんだろう。父親と同じで外面がよくて優等生タイプ？　それとも他人の顔色をうかがう気弱タイプ？　いかにも乱暴者っぽい荒れてるタイプって可能性もある。

前のめりになりすぎないようさりげなく尋ねたつもりなのに、おばあさんはなぜだかちょっと警戒する顔になった。

「彼？」

「え、えっと、お子さん、です。元気にしてるかなって、思って」

「……お子さん？」

訊き方がおかしかった？　それとも露骨すぎた？　おばあさんがますます警戒する。ママの告白がショックすぎて、きょうだいの名前を聞き忘れていたのは失敗だった。

だけどここで引き下がるわけにはいかない。

私は作り笑顔で嘘《うそ》を吐き出す。

「久々に、会いたくて」

「――英さんは、一人暮らしよ」

「でも、息子が」

「私が知る限り一人です。……あなた、本当に英さんの親戚？」

疑り深い目つきで私を見てくる。その目を向けられるべきなのは、私じゃなくて、私の父親のほうだ。嘘までついて、ここで何食わぬ顔で生活をしている男のほうだ。ママと私の生活を脅《おびや》かす殺人鬼のほうだ。喉《のど》元まで出かかった言葉を、私はとっさに呑《の》み込んだ。

「すみません、マ……母から頼まれたんです。おじと連絡が取れなくて心配してて、だから私、詳しくは知らなくて」

「……そう」

　このおばあさんからしたら、長く同じ借家に住んでいた知り合いより、突然尋ねてきた私のほうが不審者に違いない。納得はいかないけど、心情は理解できる。だから丁寧に頭を下げて「ありがとうございました」とお礼を言った。

「行こう、レニ」

　じっと見つめてくるおばあさんから逃げるように離れ、レニに声をかけて大股《また》で歩く。

「どうだった？」

「どうもこうも——英陸《りく》は一人暮らしだって言われた。ママから聞いてたのと全然違っていい人そうだったし」

「え？　え？　まだここに住んでるの？　一人暮らしってどういうこと？　なんで暴力ふるうような人がいい人なの？」

　私が混乱したようにレニも混乱している。レニといっしょにおばあさんから聞いた一番奥の家を見に行ったけど、家の前にはよけいなものが何一つ置かれていなくて空き家みたいだった。家の裏にも洗濯物はなし。カーテンがきっちり閉まっていて、エアコンの室外機が動いているから在宅中なんだとわかる程度で不自然なくらい生活感がなかった。

　家族構成も、生活パターンも、ここからじゃなにもわからない。

「一人暮らしなんて嘘だ」

みんな騙《だま》されてるんだ。十年以上、周りの人たちを騙しながら暮らしてるんだ。狡猾《こうかつ》に、用心深く、息をひそめて。

「子どもがいることを隠してるんだ」

断言する私にレニが戸惑い顔になる。

「なんで今までずっと子どもを隠してたの?」

そんなの簡単だよ、レニ。

「虐待《ぎやくたい》がバレるといけなかったから」

虐待死がニュースになって、はじめて子どもがいたことを知ったって驚きながらインタビューに答えるご近所さんを、私は過去に何度も報道番組で見ていた。子どもの怪我《けが》がバレたら都合が悪い。都合が悪いものを隠すなんてよくある話だ。

「虐待されてた子が逃げ出して、人を殺して帰ってきたんだ」

私の言葉にレニは借家をじっと見つめ、やがてこくりとうなずいた。

「だから隠し続けるしかなかったんだね。誰にも知られないように」

「うん。……もしかしたら、英陸にはもう息子を止めるだけの力がないのかもしれない。息子が家を出られるようになった時点で力関係が逆転してたんだとしたら――」

「虐待が明るみにならないように隠していた息子を」

「今は殺人犯として匿《かくま》ってる可能性が高い」

私とレニの意見はすっかり一致していた。

カーテンの閉まった暗い部屋で、殺人鬼と化した息子に怯《おび》える男の姿を想像する。今まで苦しめてきた息子に、今度は自分が苦しめられる滑稽《こっけい》な姿。

ドア一枚を隔てて繰り広げられる醜悪《しゅうあく》な現実。

だけど、私たちに英家の秘密を暴くのは難しいだろう。知識もなければ権力もない、ごくごく普通の女子高生にすぎないんだから。

「せっかくここまで来たのに……」

悔しい。犯人は目の前なのに、そこから先に進めない。思い切ってドアを叩いてみようか？　出てくるのはきっと英陸だ。そして、家の中には殺人犯がいる。無理やり押し入って大声を出したら？　警察が来てくれたら犯人逮捕に一歩近づけるかもしれない。きっと家の中には凶器がある。二人の人間を殺した万能包丁。それさえ出てきてくれたら事件は解決したも同然だ。犯人が捕まればママも安全だし、野次馬《やじうま》だっていなくなる。

すべてが丸く収まる。

「……あ、どうしよう」

先生だけは殺してほしいんだけど、捕まったらちょっと難しいかも。だったらもう少し待ったほうがいいのかな。先生がママに近づけば、次のターゲットは先生になるはずだ。うん。そうだ。もう少し待とう。待って先生が殺されたあとにもう一度ここに来て――。

「ななちゃん」

「え？　あ、どうしたの？」

あれ？　私なにを考えてたんだっけ。手が汗でぐっしょり濡《ぬ》れてる。慌てて服で拭いて、真剣な顔のレニを見る。

「ここから先は警察に任せよう」

「警察？　なんで？」

言っている意味がわからなくて、私はとっさにそう尋ねていた。私が考えるシナリオとレニが考えるシナリオがズレている気がしてならない。

「警察に任せてどうなるの？　確実に証拠をつかまなきゃだめだよ。逃げられたら困る。警察が証拠をつかめるように私たちがお膳立てしなきゃ」

日本の警察は優秀って言われてるのに、二週間近くたっても犯人を捕まえることができない。防犯カメラも目撃情報もなく、物的証拠も乏《とぼ》しいってテレビでフォローしてたけど、私を落胆させるには十分だった。

「心配なのはわかるけど、もしななちゃんになにかあったらどうするの？　めぐちゃんが悲しむよ。警察に通報すれば、あとは警察がなんとかしてくれる」

「警察なんて」

反論しようとしたら、さっき声をかけたおばあさんが、借家の陰からこっそり私たちを見ていることに気がついた。なんだろう、少し怯えたような顔をしている。まるで犯罪者を見るような目つきだ。

「ななちゃん、行こう」

「う、うん」

殺人犯を捕まえるどころか、私たちが通報されかねないような空気に驚いて、小走りでその場を離れた。後ろを振り向くと、おばあさんが首を伸ばして私たちの姿を目で追っていた。なにあれ、気持ち悪い。おばあさんの視線を感じなくなったのは、横断歩道を渡ってしばらく歩いたあとだった。

「あのおばあさんの目、怖かったね」

「うん」

木陰で立ち止まってもドキドキしてる。蟬の大合唱を聞きながら深く息を吸い込んで、ちらりと背後を見た。よかった。追ってきてない。けど、戻ったらまだ同じ場所にいそうで戻る気にもならない。

「どうしよう」

「警察に電話、でしょ」

レニは深入りせずに通報するのが最善だって考えているみたいだ。実際、それが一番いいんだろう。後ろ髪を引かれる思いってこういうときに使うのかな。私は迷った末にうなずいて、がっくりと肩を落とした。ここまで来たんだから英陸の顔くらい見ておけばよかったかな。後悔ばっかりだ。

「週刊誌に載るんじゃない？」

私の心を読んでレニが話しかけてくる。

「モザイク入りでしょ。犯人の父親だし」

「どんな感じなんだろうね、殺人犯と二人暮らしって」

「私なら無理」

きっぱりと否定すると蝉の声がうわんっと頭の奥に響いてきた。うるさくてたまらない。早く離れたくて、快適だった日陰から出て駅に向かう。じりじりと肌を焼く太陽から逃げるように走ってようやく駅にたどり着き、きょろきょろとあたりを見回した。

公衆電話は改札口の脇にあった。

「よかった～」

ガラス張りの公衆電話は地獄《じごく》だ。だから、構内にあるってだけで感激してしまう。受話器を取って、緊急通報ボタンを押す。事件か事故かを確認する声に「事件」と返す。

「A県I市の通り魔事件の件で。犯人は――えっと、名前はわからないけど、英って男の息子で、潜伏してるみたいで」

『あなたのお名前は？』

「え？」

『連絡先や、……お父さんやお母さんは、近くにいるのかな？』

子どもの悪戯《いたずら》だと思われてるんだ。的外れな問いに、カッと頬《ほお》が熱くなった。せっかく教えてあげてるのにバカにするにもほどがある。反射的にガチャ切りして、キッとレニを睨《にら》んだ。

「今のは私、悪くないから！」

一方的に切ったけど不可抗力だ。たしかに子どもだけど、他人に子ども扱いされるのは腹が立つ。こればかりは仕方ない。

「な、ななちゃん」

「もういい！　黒《くろ》ちゃんといっしょに犯人捕まえる！　警察なんてあてにしない！」

受話器を取って十円玉を突っ込んで、そこではじめて名刺がないことに気づいた。I駅の電話ボックスから大慌てで出てきたとき、置き忘れてしまったみたいだ。

踏んだり蹴ったりだ。

「も〜〜〜!!」

構内を歩く人たちがぎょっと振り返り、レニはすすすっと私から離れていった。


名刺を回収して家に帰る頃には日がすっかり傾いていた。

「ただいまあ」

「おかえり、ななちゃん。レニちゃんは?」

「途中で別れた。うちまで来ると遅くなっちゃうから」

「ごはんは?」

「まだ〜」

夏ってすごいなあ。七時すぎててもまだ明るいんだから。おかげで歩いて帰ってこられた。……こんな時間でも竹やぶに野次馬がいたのはもっとすごいと思ったけど。野次馬の中に黒ちゃんがいるかと期待したのに、いなかったのは残念すぎる。

ママが出かけるまで待って、それから電話をしなくちゃ。電話ボックスに置き忘れた名刺を回収するとき、公衆電話から黒ちゃんのスマホに電話をかけたけど繋《つな》がらなかった。次に電話をかけるなら少し遅めの時間帯のほうがいいかもしれない。

「シャワー浴びてくる。体がベタベタして気持ち悪い～」

どこに行ったの？　なにを見たの？　買い物は？　そんな質問をされるのを避け、私は下着とTシャツとボーダー柄のパンツを手に浴室に向かった。浴槽に湯をはりつつなるべくゆっくり時間をかけて体の隅々《すみずみ》まで、それこそ指の先から丁寧に洗う。ぬるめのお湯に浸かって筋肉をほぐし、ぎゅっと目を閉じた。移動中は水分しかとってなかったからお腹《なか》がすきすぎて目が回りそうだったけど、それもなんとか耐えられた。怒《いか》りは思った以上に私の原動力になるらしい。

浴室から出ると、すうっと冷たい空気が肌を撫《な》で、体をゆっくり冷ましてくれる。脱衣所に置かれた小さな時計はもうすぐ九時だった。

「はー、さっぱり……ん？」

脱衣カゴに黒地に花柄のワンピースが入っていた。まさか、このタイミングで？　ワンピースを両手で持つと、磨《す》りガラスに近づいてくる影があった。

「ななちゃん、出た？　今日は忙しくなりそうだからお店に来て」

ママが私をお店に誘うのは繁忙期だけ。ボーナスのあととか、新年会や忘年会の飲み直しなんかで慣れないお客さんが多くなって人手が足りない場合だから、頼まれたら断らないのが基本だ。昔なじみと野次馬で混雑する店内を思い出し、私はちょっと戸惑った。

「私が行っても大丈夫？　前、野次馬いるから来るなって言ってたのに……」

言葉を濁《にご》すと、ママが頬に手を当てるのが磨りガラス越しにぼんやり見えた。

「実は、その野次馬が家まで来ちゃったのよ。たまたま夜坂《やさか》くんが出てくれて……」

夜坂くんはママの友人の中でも一番強い。短気で手が早くて、ママの用心棒的存在で一番頼りにしている人だ。朝に来ていたイチローくんと三郎《さぶろう》くんは兄弟だけど性格がちぐはぐで仲があまりよくなくて、ゴマちゃんは天真爛漫《てんしんらんまん》でみんなから愛されている。と、ママ談だ。他にも何人かいるけど、いつもタイミングが悪くてレニ以外の友だちには会えずじまいなのだ。

だから地団駄を踏んでしまった。

「夜坂くんが来てたの⁉　いつ⁉」

「だから、昼間」

「なんで教えてくれないの！」

「ななちゃん出かけてたでしょ。スマホも持ってないし……やっぱり持ったほうがいいわよ、スマホ。便利だから」

なんとなくぎくりとした。ここ一週間でスマホの利便性を認識したばかりだったから、狙いすましたような言葉に心を読まれた気分だった。レニといいママといい、勘がよすぎる。私、顔に出やすいのかな。気をつけないと。

「スマホはいい。買ってもどうせ持って歩くの忘れちゃうし」

本当は喉から手が出るほどほしいけど、今は我慢だ。できるだけいつも通りに行動しなくちゃ。

「じゃ、早く着替えちゃいなさいね。お店が絶対安全ってわけじゃないけど、家で一人になるよりずっと安心だから」

「それなら夜坂くん呼んでよ！　イチローくんと三郎くんと、ゴマちゃんも！」

名案に私は声を弾ませる。みんながいれば野次馬が徒党《ととう》を組んでも安心だ。ついでに三郎くんが落としていったネクタイピンを返しちゃおう。初対面だし長居はしないだろうから、適当なところでみんなを帰し、黒ちゃんに電話して今日のことを報告、今後のことを話し合う。完璧なプランだ。

だけどママはあっさり首を横にふった。

「急には無理よ。もう夜なんだし、わがまま言わないで着替えてちょうだい」

「……はあい」

くそう、野次馬め。よけいなことをして。計画丸つぶれじゃないか。……あ、でももしかしたら黒ちゃんが店に来るかも！　けど、話したら黒ちゃんが大騒ぎしそう。そうしたら絶対目立っちゃうよなあ。やっぱ電話で話さなきゃだめか。じゃあ明日まで待つ必要があるってことか。

「ううう、野次馬なんて嫌い」

嘆く私は下着姿でドライヤーをつかみ、乱暴に髪を乾かす。面倒くさくなって半乾きでスイッチを切り、服を着て脱衣所から出ると、ママが腰に手をあてて唇を尖《とが》らせていた。

「もう、ちゃんと乾かさないと髪が傷《いた》むわよ」

「切るからいい」

「まったく……メイクするからこっちいらっしゃい」

今日のママは、毛先に向かってダークピンクのグラデーションが入ったウィッグをギンギンに巻いていた。スパンコールで輝くパーティードレスも深みのあるピンク。化粧も服に合わせてケバケバだ。唇のグロスがあざとい。

「ママ気合い入りまくり」

「んふふ～、ファンが増えちゃうかも！　これ以上プロポーズされたら困っちゃう！」

事件じゃなくママを目当てにしてる野次馬もいるみたいだから、自惚《うぬぼ》れる気持ちもちょっとわかる。だけどママの格好って基本的にお店の外で見たら単なるヤバい人だ。アパートの古びた内装とのギャップが痛い。夜の蝶《ちょう》どころか夜のハゲタカというやる気に私はドン引きだ。

不本意な形だったけど、お店が電波にのったせいで、先生以外にも足が遠のいていたお客さんが次々と戻ってきたみたいだ。野次馬も上乗せされたことを考えるとすごいＣＭ効果だった。喜ぶママがたくましすぎる。

「みんなボトル入れてくれてるのよね〜。今月の売上過去最高かも！」

きゃあっとママが身もだえする。赤ん坊だった私といっしょに家を出たとき、通帳には四桁《けた》の残高しかなかった。今の生活は、ママが必死で作り上げてきたもの——なにがなんでも守らなきゃって、改めて思う。

化粧水で肌を整え、おしろいを軽くのせる。眉をちょっとだけ描き足しマスカラでぐぐっとまつげを持ち上げ、チークで頰に赤味を入れて、ピンク系の明るい口紅を塗る。ママはだいたいいつもケバケバだけど、私の化粧はわりと抑えめだ。

「あーん、ななちゃん今日もかわいい！　化粧しなくても超キュートだけど、服が派手めだと化粧しないと浮いちゃうのよねー」

勿体《もったい》ない！　なんて、親の欲目で盛大に褒めてくれる。

外に出るとタクシーが待っていた。ママは過剰なほど野次馬を警戒し、キリッとした顔で周りを見回して私をせかしつつタクシーに乗り込んだ。

「ごめんなさいね、近場で」

ちょっと前屈姿勢で謝罪するママは、本当にあざとい。きれいに手入れされた指で髪を耳にかけ上目遣いで謝罪すると、すぐに「大丈夫ですよ」って返ってくる。おまけに「いつでも呼んでください！　帰りも予約しますか？」なんてこころよく提案される。

「ありがとうございます、助かります。お仕事がないとき、一杯奢《おご》らせてくださいね。待ってますから」

営業スマイルとともにそっと名刺を差し出す。なんて抜け目がないんだ。見習おう。

タクシーをお店の裏口に停《と》めてもらう。表はすでに野次馬とお客さんがたむろしていたからだ。裏口から入って照明とエアコンをつけると、ママが迷いなくお店を開けた。

「今日はいつもより開店が遅めだね……って、ちぃママ！　いらっしゃい！」

いらっしゃいは私の台詞《せりふ》なんだけど、ママが言ったとおり、うっすら記憶している懐かしい顔がいくつもあった。開店準備を手伝ってくれるのはお客さんで、ぼうっと見てるのは野次馬だ。

「あ、黒ちゃん」

親指をジーンズのポケットに引っかけて、開店準備が終わった頃に入ってきた黒ちゃんは「よ」と右手を挙げると、奥のテーブルに腰かけた。一瞬、直接話ができると浮かれ、はっとわれに返る。我慢だ、我慢。ママが見てる。

「盛況、盛況、大盛況〜。殺人犯様々じゃないか！」

「不謹慎。動画撮られてネットに流されちゃうぞ」

「おっと、失敬」

ビールとお通しを席に運ぶと、黒ちゃんは店内を見回し目尻を下げた。

「今日もめぐママは美しいし、ビールはうまいし、最高だ」

ビールをグラスにそそいであっという間に飲み干す。ママはカウンターで接客スタート。少し迷ってから黒ちゃんの向かいの席に腰かけると、「お」という顔をした。

「英陸の件、どうなったんだ？　なんかわかった？」

お通しで出した梅と塩昆布でつけたキュウリをつまんで口に放り込み、ポリポリ噛《か》み砕きながら質問してくる。

「行ってきた」

「……え？　やっこさんの家に？　今日？　あれから？」

「うん」

「ぎゃははは。いいね！　七緒《なお》ちゃんの行動力、お兄さん大好き」

パンパン太ももを叩いて喜んでいる。よし、ママは気づいてない。お客さんと話し込んでいるのを見て私はこっそり胸を撫で下ろした。

「時間あったし」

「いやでも直行はしないでしょ、普通」

「同じ立場だったら、黒ちゃんは行かないの？」

「まずは下調べしてからかな。だって——七緒ちゃん、疑ってたんだろ。パパが殺人犯じゃないかって」

ストレートに訊かれて、肩が揺れてしまった。ああもう、私ってわかりやすすぎる。ポーカーフェイスどこ行った。

「もしかしたらって思っただけ」

むっつりしながら答えると、黒ちゃんは「いいねえ、いいねえ」と、意味もなく同じ言葉を繰り返した。

「んで、結論は？」

言うべきか、黙っておくべきか。先をうながす黒ちゃんを、私は真正面から見つめる。これは私のカードになるかもしれない。切り札だ。大事な交渉道具だ。殺人犯を見つけるために手を組んだけど、ニヤニヤしながら答えを待つ黒ちゃんを見ていたら、あっさり教えてやるのが癪《しゃく》に思えてきた。

「先に教えてほしいことがあるんだけど」

「なに?」

よゆうの笑みで黒ちゃんがグラスに二杯目のビールをそそぐ。

「探偵の人は、どうやって英陸の家を突き止めたの?」

黒ちゃんは「そんなこと」と鼻を鳴らした。

「めぐママが離婚調停で別れられず、裁判までもつれ込んだって言っただろ」

黒ちゃんが声をひそめるから、自然と私も前のめりになる。「うん」とうなずくと、黒ちゃんがキュウリを一つ口のなかに放り込んだ
「いろいろ世話を焼いたのがマスミママ、つまりめぐママの雇い主」

「え、離婚したあとに家を出たんじゃないの?」

「家を出てから離婚調停って感じだったらしい。マスミママも結婚失敗してたからめぐママに同情的で、親身になってくれたんだと」

ＤＶで裁判を起こし離婚したんだから、安全を考慮し、ママがどこに住んでるか相手に知らされていない可能性が高い。だけど、ママは相手の居場所を知っている。当たり前だ。

だってそこから逃げてきたんだから。

　つまり、これは。

「ママの雇い主から英陸の家の住所を訊いたの？」

「ビンゴ」

　そんなに簡単なことだったなんて。待っていた一週間が勿体ない。

「時間かかりすぎ、無能すぎ」

「七緒ちゃんは相変わらず容赦《ようしゃ》ないなー。自分でも探せるって思った？」

「そ……そこまでは、言わないけど」

　だいたい、雇い主が離婚にかかわってたって発想にならなかっただろうし、もしそれに気づくとしたら、そうとうママと話し合ったあとになる。間違いなく私がやろうとしてることにママは勘づくだろう。そうしたら止められるに決まってる。

「七緒ちゃんには無理だよ」

「なんで」

　自分でも無理だってわかっているけど、あっさり断言されてちょっとムッとした。黒ちゃんは、もう一つキュウリを口に放り込む。

「マスミママは仕事やめてから何度か引っ越しして、最終的に妹夫婦と暮らしてたんだけど、その妹夫婦が事故に遭って他界しちゃったの。で、マスミママは身寄りがなくなったわけ。今は成年後見人が手配してくれた老人ホームに入ってる。それ突き止めるのに結構時間がかかっちゃったんだよ」

「子どもじゃ調べられないってこと？」

「そゆこと。知り合いの探偵も、さらにその知り合いの探偵とか弁護士とか、病院とか、いろいろあたってくれたわけ。めぐママも、もしかしたらマスミママが老人ホームに入ってるって知らないんじゃないかな。給料の支払い手続きは成年後見人がやってくれてるみたいだから」

可能性はある。ていうか、高い。雇い主は恩人だけど、ママは私といっしょでそこまで幅広く交流するタイプじゃないから。狭く深くがモットーだ。

「それで、そっちのほうは？　乗り込んだんだから成果あったんだろ？」

「まあ、あるにはあったけど」

「スクープ的な？」

「スクープ的な」

うなずくと、黒ちゃんは感極まったようにくうっと拳《こぶし》を握った。

「いよいよ俺の時代かよ！　時代が俺に追いついたってことか！」

浮かれすぎだ。この期《ご》におよんで話そうか迷う私は、手元が暗くなったことに気づいて目を瞬《またた》いた。誰かがテーブルの隣に立っている。常連客が避けるテーブル席に、あえて近づいてきた人がいる。しかもそいつは、シャツの上からでもわかるでっぷりとしたお腹と、仕立てのいいスーツを着ていて、ママの安物とは違い高そうな腕時計まではめていた。

「楽しそうですねえ」

テーブルの端にロックグラスが置かれる。中身はもちろんウイスキーだ。

「お、先生じゃないか。お久しぶり」

ぱっと顔を上げた黒ちゃんが、先生に笑みを向けた。

「お久しぶりです、黒屋敷《くろやしき》さん。ずいぶん七緒さんと仲がいいみたいですね。僕も仲間に入れてもらいたいなあ」

うあああぁ、なにこの人！　顔は笑ってるのに、眼鏡の奥の目が、相変わらず全然笑ってない！　っていうか、いつの間に入店したの⁉　話に夢中で気づかなかった！　わざわざ割り込んでくるってどういう神経してるの⁉

固まる私をちらりと見てから黒ちゃんが先生に視線を戻す。

「いやあ、仲がいいとかじゃないですよ。この前撮った写真をよこせって催促されてただけで」

ナイス黒ちゃん。

「プリントしてくれるって言ったのに、ちっとも持ってこないから！」

「あのね七緒ちゃん、お兄さんプロなの。そこら辺のプリンターで印刷するのはお兄さんのポリシーに反するの、わかる？」

「プリンター持ってないの!?」

「じゃなくて、データを印刷会社に送って、そこで印刷してもらうってこと」

「プリンター買わないの？」

「高いから買えないの」

「貧乏なんだ……」

だからママのリストには入らないんだよ、なんて心のなかで続ける。

「印刷機のレンタルも考えたんだけど、場所取るし、そこまで仕事ないし」

「貧乏なんだ」

「やかましい」

繰り返したら睨まれた。さすが、客商売だ。私が席を離れても不自然じゃない流れを作ってくれた黒ちゃんに感謝しつつ立ち上がる。

「じゃ、早めに写真ちょうだい。ママも期待してたから」

「了解」

英陸の話は電話だな。「ささどうぞどうぞ。あ、それ高いウイスキー？」と黒ちゃんが羨《うらや》ましそうにロックグラスを見て、「一杯いかがですか？」なんて訊かれてすっかり気をよくしている。なんで先生の胡散《うさん》臭さにみんな気づかないんだろう。冷え切った目で見つめられて不愉快になったりしないのかな。

「ななちゃんはいつから黒ちゃんと仲良くなったの？」

カウンターに戻ると、ママが真剣な顔で尋ねてきた。ヤバい。見られてたんだ。私は内心でうろたえた。

「え、親しくないよ！　全然！　写真くれるって言ったのになかなかくれないから文句言ってただけ。しつこく話しかけられてて困ってたところに先生が来てくれたの」

追及されたくないから適当に否定して、カウンター席に腰かけたビール腹のおじさんに、誰だっけこの人、と思いながらお通しを出す。

「黒ちゃんはあの席好きだねえ。相席してるのって先生だよね？　また通い出したんだ」

おしぼりを自分で出して、ビール腹のおじさんが苦笑する。

「宮川《みやがわ》さんも行きます？」

ママが声をかける。あ、そうだ、宮川さんだ、宮川さん。「僕はいいよ」と、宮川さんがあっさり断る。

「あそこ、遠山《とおやま》さんの席だと思うとなんとなく座りづらくてね。座ってる人見るだけで心配になってくるんだよ。あの二人は肝《きも》が据わってるなあ」

繊細さに欠けてるんだと思う。片方は半分野次馬だし、片方は笑ってるのに笑ってない人だし。

それからしばらくして、スマホで動画を撮影しながら男が入店してきた。常連客はヒートアップ、黒ちゃんは面白がって言い争う人たちをスマホで録画、先生は観察するようにそれを眺めていた。

そしてママは、日常となりつつある光景に苦笑いした。

8

闇《やみ》の中に蠢《うごめ》くものがある。

それはいつもきまって二つ。街灯が少ない竹やぶの道でくっきり浮かび上がる影絵は、ゆらゆらと大きく左右に揺れながら移動していた。

まただ。またあの夢だ。

人が殺される夢。

遠山《とおやま》さんや髙《たか》さんのときに見た、あの生々しい夢。

いやだ。こんな夢見たくない。次は誰が死ぬの？　誰を殺すの？　私は人が死ぬ姿なんて見たくない。早く起きなくちゃ。誰かが殺される前に現実に戻れば、もしかしたら被害が出ないかもしれない。

早く、早く、早く、早く、早く――。

だけど、だめだった。

また意識が切り替わった。影絵を遠巻きに眺めていた観客側から、私自身が影絵になる。手には丁寧に磨いた万能包丁。周りには私たち以外に誰もいない。聞こえてくるのは虫の音《ね》と風に揺れる笹の音だけ。

目の前にいる男が振り返る。よく知る顔だ。不摂生《ふせっせい》がにじむ肌の色、ハイエナみたいに油断なくあたりを見回す目、痩《や》せた体をトレードマークの灰色シャツとジーンズで包み、親指をポケットに突っ込み酔っ払いみたいに定まりなく歩く独特のスタイル。

黒《くろ》ちゃんだ。黒屋敷《くろやしき》トオルだ。

竹やぶの道は危険だと知ってるはずなのに、規制線が外れたらここが殺人現場だってわかんないよね、なんてしゃべっている。声が遠いのは虫の音がうるさいせいか、それとも風に揺れる笹のせいか。

動かない私に、黒ちゃんは不思議そうに近づいてきた。

だめ。こっちに来ないで。すぐに逃げて。これ以上近づいたら、私は――。

私の腕が持ち上がる。刃先が月の光を弾いて、そこでようやく黒ちゃんが異変に気づいたらしく目を見開いた。

逃げて。早く。

私は訴える。だけど、心のなかでどれだけ叫んでも、その声は黒ちゃんに届かない。逃げることすら忘れた黒ちゃんの胸に、私はなんの躊躇《ためら》いもなく飛び込む。ぐふっと、声にもならない低い音が黒ちゃんの喉《のど》から漏れた。今日はちょっと工夫した。左肺と心臓を同時に貫けるよう角度を調整した。パクパクと開く黒ちゃんの口からは血泡が流れ、驚きに見開かれたままの目からは目玉が落ちそうだった。

私は包丁を抜き、もう一度突き刺す。さっきより深く臓器を傷つけるように、全体重を包丁にのせる。黒ちゃんの体は衝撃に耐えられずによろめき、ドスンとアスファルトに尻《しり》餅《もち》をついた。

見上げてくる顔には恐怖の色が濃い。両肺が傷ついているのか声は出ず、額《ひたい》には脂汗《あぶら》が浮いている。助けてくれ、やめてくれ、と、唇が動く。でもこんなところでやめたら、お互いにつらいだけだ。私は親切だから、ちゃんととどめまでさす。はじめの殺人より上手にできている自負があった。完璧ではないけれど、少しずつコツをつかめている気がする。骨にあたるかは運だけど、今回はお互いに運がよかった。なんの抵抗もなく突き刺さったのだから、これがきっと相性というものなのだ。

黒ちゃんの顔から血の気が引き、胸に抱いた血の花はどんどん鮮やかさと美しさを増していく。素敵だ。素晴らしい。服の下から噴き出す血を想像して私はうっとりする。もっと血の花を咲かせてみたくなる。最期《さいご》にこんな見事な花を抱けるなんて、彼もきっと誇らしいに違いない。

手を伸ばし、柄をつかむ。

黒ちゃんの胸に刺さった包丁をそのまま乱暴に抜き去る。頼む、そう口が動く。よかった。どうやら彼も花が気に入ったらしい。

渾身《こんしん》の力で包丁を振り下ろした。


私はベッドから跳ね起きた。

全身が汗でぐっしょり濡《ぬ》れている。

「夢……？」

激しく暴れる心臓を服の上から右手で押さえ、必死で空気を肺に送り込む。苦しい。吸い込む空気が熱くてうまく呼吸ができない。慌ててエアコンのスイッチを入れ、流動する生暖かい風に溜息をついた。自室に戻って、エアコンもつけずに寝入ったらしい。ちゃんとシャワーを浴びてる点は自分を褒めてあげたい。

震える手でリモコンをつかみ、テレビの電源を入れる。朝、九時。ちょうどニュース番組がはじまったばかりだった。

「だ……大丈夫だよね……？」

心臓がバクバクしてる。リアルすぎる殺人の感触に、ここが夢のなかなんじゃないかとさえ思えてくる。どこまでが夢でどこからが現実か、こんなに境目が曖昧《あいまい》だったなんて考えたこともなかった。

アナウンサーは、海外の首相の動向や物価変動のニュースを淡々《たんたん》と読み上げた。殺人事件の続報はなし。

「よかった」

でも、電話を入れなくちゃ。無事を確認しないと落ち着かない。黒ちゃんの名刺を手にダイニングに行き、受話器を取って番号を押す。コール音が三度鳴ったところで玄関ドアを叩く音が響き、とっさに受話器を置いた。

朝から来るのはレニだ。レニ、またあの夢を見たの。人を殺す夢。今度は黒ちゃんだった。遠山さんや髙さんと同じ、お店の常連さん。ただの夢だってわかってるけど、どうしても不安だから——。

「レニ！」

勢いよく玄関ドアを開け、私は「えっ」と無意識に声をあげていた。レニじゃない。何度か家に来たことがあるデコボコの刑事だ。ちっこいおっさんは相変わらず白いシャツの袖《そで》をまくり、ひょろ長《なが》なお兄さんはメモ帳を片手に立っている。

開けるんじゃなかった。私が顔をしかめると、ちっこいおっさんはいつも通りニコニコと笑って口を開いた。

「お母さんは在宅ですか？」

「……この時間帯は、だいたい寝てます」

「ああ、夜間のお仕事ですからね。お話をおうかがいしたいんですが」

だから寝てるって言ってるでしょ。早く黒ちゃんと話したくて私は苛々《いらいら》とした。本当に通報してやろうか。この二人がいたらゆっくり電話できないから、私にとって迷惑な人なのは間違いない。それに、玄関に居座られたらレニだって家に来られないじゃない。本当に鬱陶《うっとう》しい。

通報しようと玄関ドアからちょっと離れたら、ボサボサ髪のママが眠そうに奥の部屋から出てきた。

「ななちゃん、お客さま～？」

ふあああっとあくびをしながらだらしなく髪をかき上げる。あああ、なんてタイミングで出てくるの！　最悪！　ママのバカ!!

「悠久《ゆひさ》さん、申し訳ありま……せん」

あ、ちっこいおっさんが引いてる。透けるか透けないかぎりぎりのラインのネグリジェは、太ももあらわなセクシータイプ。ひょろ長のお兄さんは「おお」と小さく声をあげて目を見開いている。

「あら、刑事さん？　すみません、寝てて」

「そのようですね」

ちっこいおっさんがゴホンと咳《せき》払いし、ひょろ長のお兄さんを肘《ひじ》で小突いて注意する。

私は恥ずかしくなってママを睨《にら》んだ。

「ママ、服着て、服！」

「えー、ママこのネグリジェ、エロカワで好きなのにい」

「服！」

「はあい」

さっきまで恐怖で縮こまっていた体がママのせいですっかり脱力した。

着替えのためにドアを閉めるママに軽いめまいさえ覚える。本当、ルーズなんだから。部屋をあれだけ整理整頓《せいりせいとん》してるのが嘘《うそ》みたいだ。すっかり鼻の下を伸ばしたひょろ長のお兄さんを睨むと、コホンとわざとらしく空咳が返ってきた。

「今朝《けさ》、ですね」

ちっこいおっさんが、気まずい空気を変えるように話し出す。ここで閉め出すわけにはいかなくて、私も仕方なく話を聞く体勢に入った。

「三人目の犠牲者が出ました」

「……え？」

三人目って、遠山さんと髙さん以外に、また一人殺されたってこと？　まさか。だって、でも、あの夢は——。

こめかみがズキズキと痛くなる。手に残る肉の感触、血のにおい、懇願する眼差《まなざ》し、異様な恍惚《こうこつ》感。あれは、あの感覚は、まさか。

「三人目って」

「黒屋敷トオルさんです。スナックの常連客で、フォトグラファーの」

ぐらりと視界が揺れて、私は慌てて壁に手をついた。ちっこいおっさんが私を支えようと伸ばしてきた手を断って、荒くなる呼吸を必死で整える。

本当に死んじゃったんだ。夢の通りに殺されたんだ。

ニュースで流れてなかったのは、見つかって間がなかったからなんだろう。

信じられない。

昨日まで笑ってた人が、もうこの世にいないなんて。

「黒ちゃんは、昨日、私と話してて」

お店の一番奥、誰も座りたがらない席を率先して使ってくれた。震える私を見て、ちっこいおっさんは神妙な顔でうなずいた。

「ええ。親しい関係だったんですか？」

「――親しいっていうか」

どう説明すればいいんだろう。あの夢、あの感覚。そうだ、それより先に伝えなきゃいけないことがある。そう気づいて、ちっこいおっさんをまっすぐ見返した。

「私、犯人知ってます」

「本当ですか」

ちっこいおっさんの顔から貼り付けたような笑顔が消えた。目つきが鋭くなる。あ、苦手だ、この目。先生を思い出す。人の心の奥を見透かそうとする眼差しだ。

「英陸《はなぶさりく》の息子です」

「――英陸……というと、父親の？」

ああ、やっぱり調べてたんだ。そうだよね。怪しいんだから調べて当然だ。じゃあ息子のことも知ってるんだろう。ここに来たのはママに確認するためかな？　昨日、私が通報したときに犯人を逮捕してくれていたら黒ちゃんは殺されずにすんだのに。

「早く捕まえてください」

憤《いきどお》りに声がとげとげする。通報したのが子どもだからって見下して、保護者の有無を訊《き》いてきた無神経さに腹が立つ。せっかく電話したのに、とっさに切っちゃった短絡的な私にも腹が立つ。

「英陸の息子ねえ」

犯人を教えてあげたのに、ちっこいおっさんは考えるように顎《あご》を撫《な》でただけだった。また子どもだからってバカにして――。

「英陸は、離婚してからはずっと独りです」

ひょろ長のお兄さんがメモ帳をめくりながら、私でも知ってることをすごく貴重な情報みたいに言う。こんなところで無駄に時間をつぶしてないで、わかってるならさっさと捕まえてほしい。

「だから、その息子が殺人犯で」

「息子はいません」

なんでみんな騙《だま》されているんだろう。苛々する。

「殺人犯だから、父親が隠してるんです」

必死で訴える私から視線をそらし、ひょろ長のお兄さんが困ったようにちっこいおっさんを見た。ちっこいおっさんはガリガリと頭を搔《か》く。

「英陸の実子はあなただけですよ。戸籍上も、病院の記録も、間違いありません」

「そんなはず……」

ちっこいおっさんに断言されて私は口ごもる。戸籍上ってどういう意味？　病院の記録って？　それって私にはきょうだいがいないって意味？　本当に、間違いなく、私は一人っ子だってこと？

じゃあママはどうして私にきょうだいがいるって言ったの？

意味がわからない。ママが嘘をついてるの？　私に？　どうして？

「お待たせしました」

白いシャツにオレンジのタータンチェックのスカートを合わせ、薄化粧のママが小さなバッグを手にやってきた。

「ママ」

訊きたいことがある。でも、今は無理だ。じっと見つめてくる刑事の視線に怖くなって、私はママを目で追う。

「心配しなくて大丈夫。ななちゃんは、ちゃんとごはん食べて家で待ってるのよ」

「待ってるって」

ここで話を聞くとばかり思っていた私はママの言葉に動揺する。「任意同行、ですよね」ママに訊かれてちっこいおっさんが「いえ」と否定すると、「取り調べってはじめてだからドキドキしちゃう」と、ママはいつもの調子で笑う。そして、ちっこいおっさんが「事情聴取です」と言い直すのを聞いてきょとんとした。

「ママ」

「大丈夫、ママ悪いことしてないもん」

自信満々に胸を張る。その姿を見て私はほっとした。このまま帰ってこなかったらどうしよう、なんて思ってしまったから。ママがこう言うなら大丈夫だ。私はママの言葉を信じて待っていればいい。仕事のときと同じで、事情聴取が終われば帰ってくる。

うん。わかってる。頭ではわかってる。

それなのに、玄関ドアを閉めることができずに未練がましく遠ざかる背を目で追ってしまう。

ふっとママが振り返った。

デコボコ刑事が驚くのもかまわず、いつも通りバチンとウインクして、投げキッスをしたあと手をふった。

「ママってば」

笑いながら手を振り返し、そっとドアを閉める。直後、急に部屋が広くなったような気がして不安が襲ってきた。それを慌てて心の奥にしまい込むと、再びドアがどんどんと音をたてた。

「ママ⁉」

戻ってきたのかとドアを開けると立っていたのはレニだった。一ミリもブレず、今日も黒一色だ。シンプルなキャミソールワンピースに花柄シースルーのボレロを合わせ、気合いを入れたヘッドドレスも愛らしい。

「どうしたの、ななちゃん」

ことんと首をかしげる姿もキュートだ。癒《い》やしだ。朝から疲れ切っていた私は、レニを家に引っぱり込むなり泣きついた。

「レニ、聞いてよ！　ママが連行されちゃった！」

「え、連行？　警察に行ったの？」

「今会わなかった？　出ていったばっかり！」

「会わなかった」

よかった。ばったり会うようなことになっていたらレニはそのまま帰っちゃったに違いない。施錠《せじょう》し、いつもはしないチェーンまでして、レニといっしょに自室へ移動する。

「めぐちゃんが警察って、どうして？」

「事情聴取」

「それって任意？　だったら断ればよかったのに」

「ホントだよ。ママへっちゃらでついていっちゃうんだもん。黒ちゃんも殺されちゃうし、私どうしたらいいか……」

「黒屋敷さん？　死んじゃったの？」

「……うん。また夢を見て、起きたらデコボコな刑事が来て、黒ちゃんが殺されたって教えてくれた。死んだのが三人ともお店の常連さんだったから……」

「犯人は英陸が匿《かくま》ってるきょうだいなんでしょ？　なんでめぐちゃんが連行されるの？話を訊かなきゃいけないのはめぐちゃんじゃないのに」

怒るレニに私は溜息をつき、ベッドに腰かけた。頭のなかがぐちゃぐちゃだ。どこまでが本当でどこからが嘘なのか整理できない。

だけど、これだけはきっと本当だ。

「……私、やっぱり一人っ子だったみたい」

警察が調べ損なうなんて考えられないし、私に偽の情報を告げるメリットもない。項垂《うなだ》れる私を、レニは驚きの眼差しで見つめる。

「え？　でもめぐちゃんが、きょうだいがいるって……」

「なんで嘘なんてついたんだろう」

床に座り、クッションを抱きしめ、レニは「うーん」と声をあげる。

「可能性としては、誰かを庇《かば》ってるとか」

「誰かって？」

「わかんないけど、めぐちゃんは犯人を知ってるのかも。それで、その人を庇って、つじつまが合わなくなっちゃったとか」

「犯人って殺人犯ってことだよね？　ママが犯罪者を庇うメリットってなに？」

犯人を庇うのは犯罪だ。そんなことママだって知ってるはずだ。危険を冒してまで守りたい人がいるなんて、私には想像もつかない。

その人は、私よりも大切なのかな。

「もう、わけわかんないよ」

「――ななちゃん、朝ごはんは？」

「え？」

「ごはん食べよう。お腹《なか》すいてるから不安になるんだよ」

「なにそれ」

そんな単純な話じゃない。でも、たしかにお腹はペコペコだ。

「オムライスにしよう。ケチャップごはんにはソーセージを入れて、玉子はふわふわにするの。ケチャップで絵も描こう。ね、そうしよう」

レニのへんてこりんな提案に私は笑う。こんなときでもちゃんと笑えた。ああ、レニがいてくれてよかった。私一人だったら不安に押しつぶされていたに違いない。

「ありがとう、レニ」

私がお礼を言うと「なにが?」と、レニも笑った。

一人じゃない。それがこんなにも心強い。

9

繰り返し聞こえてくるノックの音で目が覚める。

あれ？　私いつの間に寝たんだっけ？

「レニ？」

目をこすりながら呼びかけてぎょっとした。朝ごはんを食べたあとは、レニと他愛《たわい》ないおしゃべりをした。事件のことが気になったけど、すぐに調べてしまいたかったけど、レニがそれを許してくれなかった。たぶん、私を心配してのことだろう。だからずっとレニとおしゃべりをした。お昼ごはんはトーストにした。パンに切り込みを入れ、グラニュー糖を練り込んだバターをたっぷり塗ってこんがり焼いたシュガートースト。甘くてしょっぱい禁断の味。牛乳にはインスタントコーヒーを入れ、ときどき混ぜて溶かしながら飲んだ。ママの大好きなメニューだ。早く帰ってこないと全部食べちゃうぞ、なんてレニと笑ったけれど、ママは帰ってこなかった。午後もレニとおしゃべりをして、ゴロゴロして、眠って——気づいたら、あたりは真っ暗だった。

照明をつける。まぶしさに目を細めながら時計を見た。

「……八時……？」

え、嘘《うそ》。ママが警察に行って、もう半日近くたってる？　いつも夜には帰っちゃうレニは、私に気を遣って起こさないよう出ていってくれたらしく姿がない。

それにしても十一時間って、拘束《こうそく》しすぎじゃない？　違法捜査ってクレームを入れてやろうか。憤慨しながらテレビをつける。バラエティ番組からチャンネルを替え、歌番組、ドラマ、野球の試合と番組を替える。

あった。ニュース番組。

『——連日の猛暑に水の事故が相次ぎ、警戒を呼びかけています。ライフジャケットの着用などを徹底し、お子さんからは目を離さないよう……』

アナウンサーが読み上げるのはありきたりな日常だった。次は訪日客の話題、その次はどこかの国の戦争の話、その次は花火大会の規制の話。ちっとも目的のニュースが流れない。ネットのほうが早いかとテレビの電源を消そうとしたとき、『A県I市、通り魔事件の続報です』そんな言葉が電波にのった。

「……黒《くろ》ちゃん」

ホームページで使っている顔写真がテレビ画面に映し出される。え？　黒屋敷《くろやしき》トオルって本名じゃなかったの？　田中《たなか》？　なんかものすごく普通の名前。巡回中の警察官が遺体を発見って、ちゃんと見回ってたのに事件が起こったってこと？　今朝《けさ》未明って、いつぐらいなんだろう。いつ殺されたんだろう。失血死って、凶器は今までと同じ万能包丁なのかな。刺し傷は少なかった？　ああ、情報が足りない。もっと細かく教えてくれてもいいのに。やっぱりネットでなきゃだめなのかな。

立ち上がると、ドアをノックする音が聞こえてきた。

「ママ……？」

帰ってきた？　ほっとして玄関ドアに向かい、チェーンに手を伸ばしたところで目覚める直前もノックの音がしていたのを思い出す。家に野次馬《やじうま》が来たってママが言ってたな。そうだ。ママなら鍵を持ってるから、わざわざノックなんてしない。鍵を開け、チェーンがかかってるのに気づいたら、ドアの隙間《すきま》に顔を突っ込んで「ななちゃん！」って大声で呼ぶ。それがママだ。

だったら、今外にいるのは――。

私はこくりと唾《つば》を飲み込み、そっとドアスコープを覗《のぞ》き込んだ。

ざっと全身の血が引いた。

「おおい、いるんだろ？　知ってるんだよ、いることくらい。ここ開けろよ～。鍵替えやがって、聞こえてんのかあ？」

酒焼けした声で怒鳴る。近所迷惑もかえりみず、力任せにドアを叩く。

「な、なんで、いるの？」

ドアスコープから見えたのは、しばらく散髪もしていないだろうボサボサの白髪交じりの髪に無精髭《ぶしょうひげ》をたくわえた、うつろな目の男だった。店の元常連、ママの元恋人。金持ちのふりをしてママに近づき、悠々自適なヒモ生活を送ろうとママを口説いてきたクズだ。実際には無職で借金まみれ、酒浸りで女にだらしなく、競馬競輪大好きな負け続きのギャンブラーだった。友人から借りた服を着て、使えないカードで財布を膨らませ、現金は持たない主義と言いながら支払うぶんだけキャッシュを持ち歩く男は、結婚前に化けの皮が剝がれて出禁《できん》になった。店に来るなと、ママが追い出したんだ。合鍵も取り上げたけど、ちゃっかりスペアを作っていたらしい。用心のためにママが鍵を替えてくれてよかった。

でなければ、今ごろこの男は鍵を開けていただろう。

嫌悪に吐き気がした。ぐるぐる世界が回りはじめて立っていられない。私はその場にしゃがみ込み、両手で耳を押さえた。

どうしよう。息ができない。呼吸が浅くなり、肩が小刻みに揺れる。

「ななちゃん〜、パパですよ〜、開けてください〜」

気持ちの悪い猫なで声。

「なあってばあ。七緒《なお》、ここ開けてくれよお。テレビでさ、映ってたんだよ。あれ、めぐみのスナックだろ？　懐かしくて来ちまったよ。でも野次馬すごくてさあ、店の前で開店まで待つのアレだったからこっち来ちまったんだよ。なあ、聞こえてるんだろ？　七緒〜、せっかく会いに来てやったんだからよお」

ノックがやむ。

「なあ、またかわいがってやるからよ」

低い、舌なめずりするような声。

涙で視界が歪《ゆが》む。苦しい。喉《のど》の奥に空気が詰まって吸い込めない。頭がハンマーで繰り返し殴られてるみたいにガンガンする。

どうしてだろう。どうして私にはママにとってのヒーローみたいに、無条件に私を守ってくれる人がいないんだろう。正義の味方じゃなくていい。悪いやつを叩きのめしてくれるなら誰だってかまわない。野次馬を追い払ってくれた夜坂《やさか》くんみたいな人が私にもほしい。

親友とボディーガードがいたら、きっと無敵だ。誰にも負けない。自由なママみたいに強くなれる。

だけど今の私は非力だ。

非力だから、うずくまったこの場所から動くことさえできない。泣いて怯《おび》えることしかできない。

こんなクズ相手に。

「ぐあっ」

外で音がした。なにかが倒れるような音だ。よろよろと立ち上がってドアスコープを覗いたけど、薄暗い廊下しか見えなかった。

「誰がいるのかと思ったら、あんただったの？」

ママの声だ。ものすごく怒っているのが伝わってくる低い声。こんな声、はじめて聞いた。

「いい加減にしなよ。来るなって言ったよね？　うちの七緒に近づくなって言ったの覚えてない？　顔がでかいわりに脳みそ小さいのかな？」

「め、めぐみ、なんだよ、久しぶりに会った恋人に――ぐあっ」

「恋人？　金づるの間違いじゃない？　ホント、なんでこんなクズに引っかかったんだか」

舌打ちのすぐあと「ひっ」と引きつった声がした。バタバタと小さくなる足音と、鍵を開ける金属音。唖然《あぜん》としていると、険しい表情でママが玄関ドアを開けた。

「二度と来るな、カス！」

涙が引っ込むくらいドスの利いた声で怒鳴ったママは、玄関で私が立ち尽くしていることに気づくとぎょっとし、横を向いて咳《せき》払いした。

改めて私に向き直ったママは、いつも通りの笑みで「なんで泣いてるの？」と、柔らかく尋ねてきた。

私はいったんドアを閉め、チェーンをはずしてからもう一度ドアを開けた。

「な、なん、なんでも、な、……っ」

ああ、うまくしゃべれない。怖くて泣いてたなんて思われたくなくて、ゴシゴシと顔をこすると、ママの手がそっと私の手首をつかんだ。

「遅くなってごめんね、ななちゃん。警察でいろいろ訊《き》かれたから、ついでに文句も言ってたら遅くなっちゃったの」

文句って、こんな時間まで？　ママの言い分が予想外で、心配したぶん、腹が立ってきた。

「遅いから、……つ、捕まったのかと思ったじゃない……!!」

「なんでママが捕まるのよ。逆にクレーム入れたくらいよ。犯人捕まえてくれないから、お店に野次馬がたくさん集まってきちゃって大変だって。あのカスまで来ちゃうし」

「ホントだよ。なんで来るの、あのクズ！」

「頭のなかに綿でも詰まってるのかしらねえ」

そう言いながら、ママは私の頭を撫《な》でて玄関ドアを閉め鍵をかけた。靴を脱ぎ、「疲れた～」と息をつく。

「あいつ、ストーカーで訴えちゃおうかしら」

「訴えるって……ママはあいつがまた来るって思ってるの？」

「お店が繁盛してるの見ちゃったでしょ。お金せびりに来るんじゃない？　このアパート、お店から近いから気に入ってたけど、面倒くさいから引っ越しちゃいましょうか」

「でも、お店が……」

「そうよねえ。お店まで引っ越すわけにはいかないし、無事に移転できても野次馬がくっついてきてすぐに場所がバレちゃうわよねえ」

ぞわっと鳥肌が立った。ママとあの男が付き合っていたのは私がまだ幼稚園に行っていた頃だ。ママの財布からお金を抜くのは日常茶飯事《にちじょうさはんじ》、ママにバレないように私に手を上げるのも日常茶飯事。泣いたらママに嫌われる、そうしたらママに捨てられちゃうぞ、なんて言いながら私を怯えさせ、口をふさぐことも忘れなかった。

最悪だったのはあの男の性癖だ。

ママのお金を目当てにしていた以上に、ママの娘である私に強い関心を持っていた。今思い出すだけでも吐き気がする。あの男は、小さな子どもが怯える姿に興奮し、泣き叫ぶ姿に快感を覚え、性の対象として見てしまう壊れた感性の持ち主だった。

「あいつ、あんなやつ、死んじゃえばいいのに」

「ななちゃん」

「あの変態、まだ私を狙ってるみたいだった。信じられない。まともじゃないよ。どっかおかしいんだよ」

レニに会わなかったら、彼女が私に寄り添ってくれていなかったら、連日の折檻《せっかん》に私はきっと病んでいただろう。

男の人が苦手なのは、あの一件があったせいだ。

とくにあいつと同じ年代の異性——四十代から五十代の男には、いまだに強い嫌悪感があって無意識に攻撃的になる。

それなのに、私にトラウマを植え付けた元凶が、なんで平然とのさばってるんだ。

「ねえママ、夜坂くん貸してよ。私を守ってくれるように頼んでよ」

「ななちゃん、落ち着いて」

わかってる。夜坂くんはママが大好きだからママを守ってくれてるってこと。でも、大好きなママの頼みなら聞いてくれるんじゃない？　あの最低男を撃退してくれるかも。

「だめなら私にあいつをぶちのめす方法を教えて。夜坂くん、強いんでしょ？」

「そりゃ強いけど」

「ママがあいつを撃退したのだって、夜坂くんのおかげでしょ？　強い人に教えてもらったら、私だってママくらい強くなれるよね？　あいつの思い通りなんて、もう絶対にさせない。私だって戦える。今度は私が私を守るんだから！　だからお願い、夜坂くんに頼んで！　私の力になって！」

「それなら頼めると思うわ」

まくし立てる私の剣幕に驚いたのか、ママはそう言ってうなずき、私の手にそっと触れた。

「だから大丈夫よ、ななちゃん」

無意識に強く握りしめていた手のひらには爪のあとがくっきり残っていて、指先は白く冷たくなっていた。

「うん……」

うなずいたら緊張が解けて、ボロボロと涙がこぼれてきた。

「怖かったよお」

「うん。よく頑張ったね」

頑張ってない。私は玄関で怯えていただけ。あいつを追い払ってくれたのはママだ。ママがいなかったら、きっと今も震えていただろう。

「夜坂くんと知り合ったのは十五年前で」

ふっとママが話し出す。〝昔からの友人〟とか〝大事な友だち〟とか、ママは親友たちのことをおおざっぱに話すときが多く、一度も会ったことがないから、どこか遠い存在だった。だけど、改めて説明されて親近感がわいた。ちょうど私が生まれた頃だ。

「しょっちゅう暴れて怪我《けが》だらけで、手のつけられない子だったのよねえ。あ、でもいい子なのよ？　ママには超優しいし！」

なにその変な基準。

「それにななちゃんのことも、夜坂くんは大好きなの」

ママの娘だから夜坂くんも私に甘いってこと？　だったら朗報だ。希望の光が見えた。まだ会ってもないのに、ママ以上に仲良くなれる気がしてきた。

「夜坂くん私に貸してくれるんだよね⁉」

ママの言葉に期待して質問を繰り返すと、ママは「そうねえ」とちょっと考えるような仕草をする。

「夜坂くんならななちゃんを守ってくれるだろうし、なにより頼りになるから」

さっきはうやむやにしたお願いを、苦笑しながらも受け入れてくれる。護身術伝授どころか、夜坂くんが直接動いてくれるみたいだ。私より百倍頼りになると安心したら、現金なことに涙が引っ込んだ。

「ありがとう、ママ！　大好きっ」

「知ってる」

当然とばかりにうなずく。自信過剰なところがママらしい。

「ねえママ、夜坂くんってどんな人？」

「ん？　んー。背はあんまり高くないわよ。小柄で細身だけど力持ち。格闘術とか大好きで、ナイフ集めも好きなの。だけど危ないから三郎《さぶろう》くんにナイフ収集止められちゃって、しばらく口もきいてくれなかったのよ。それに、細身なのを気にしてぶかぶかの服ばっかり着るの。おかしいでしょ？」

ふむふむ。なんとなくイメージができてきた。年上なんだろうけど、やんちゃな男の子の姿を想像する。

「細身なのに強いの？」

「人間の体にはリミッターがあって百パーセントの力が出せないんですって。でも、夜坂くんは平気でリミッターをはずして、体が壊れるぎりぎりの力を出しちゃうの。だから小柄でも喧嘩《けんか》が超強いの！　すごいでしょ！」

詳細なデータを頭のなかにインプットしていく。ぼんやりしていた夜坂くんの姿が、私のなかで急速に形作られていくのを感じた。

私もリミッターがはずせたら、あの男を自力で撃退できるのかな。問いかけると、「おうよ」って、頭のなかの夜坂くんがウインクしてくれる。

「夜坂くん、格好いい」

「でしょ！　夜坂くんと知り合って、ママ怖いものがなくなったのよ！」

なんて心強い言葉なんだろう。期待値が爆上がりだ。

「あ、もうこんな時間⁉」

「時間って……え、もうすぐ九時⁉」

ママにつられて時計を確認して慌てる。お店を開ける時刻だ。早く出かけないと間に合わない。

「うーん、今日はお仕事休んじゃおうかな。ママ事情聴取で疲れちゃったし」

私を気遣っているとわかる一言に、うっかりうなずきそうになった。そうだよ、疲れてるなら休んじゃいなよ。無理に毎日お店を開けなくてもいいよ。そんな言葉が出そうになる。

だけどだめだ。今そんなことを言ったら、明日も、明後日も、ママは私を心配して仕事に行けなくなっちゃう。

私は笑顔をママに向けた。

「行きなよ、みんな待ってるよ」

「……ななちゃん、でも……」

「私なら大丈夫。鍵ちゃんとかけておくし、もしまたあいつが来て騒ぐようなら、次は通報する。警察が巡回してるんでしょ？　通報があったらすぐ駆け付けてくれるよ」

「ん――――、そうなんだけど、ななちゃん独りぼっちはな～。お店に来る？　ママと働いちゃう？　もういっそ、ダブルママって宣伝しようか⁉」

「十五歳で夜のお仕事はだめじゃない？」

ときどき手伝うだけでもネットで叩かれはじめていることを私は知っている。子どもを働かせているから虐待《ぎゃくたい》だとか、怪しい店で働かせているから母親失格だとか、一方的に中傷《ちゅうしょう》されている。私が叩かれるのはどうでもいい。けど、ママまで悪く言われるのはいやだった。お店に行くのは、事件が解決するまで控えたほうがいいのかもしれない。

「今日ママ、ななちゃん不足なのに」

溜息をつきながら頬《ほお》ずりをしてくる。

「早くシャワー浴びないと、本当に間に合わなくなっちゃうよ」

「はあい」

ママは渋々私から離れる。

今日の夜は長くなる。

そんな予感がした。


あ、まただ。

またあの夢だ。人を殺す夢。四度目の悪夢。

暗闇《くらやみ》に立つ私は、生暖かい風にすぐそう悟った。すべてが現実としか思えない、けれど何一つ現実ではない世界。

どうして私はこんな夢を見るんだろう。不思議でたまらない。早く起きなくちゃ。誰かが死んじゃう前に目を覚まさなきゃ。そう思った直後、近くに人がいることに気がついた。

逃げて。

訴えようとしたけど口が縫い止められたように動かない。

「やっぱり俺が恋しかったんだろ？」

聞こえてきた声に肌が粟立《あわだ》ち、胃がひっくり返ったみたいに吐き気が込み上げてきた。

なんであんたがここにいるの！　どうして消えてくれないの!!　ママに追い払われたくせに、また私の前に現れて!!　叫ぼうとしても喉がヒクヒクと動くだけ。

「なんで黙ってるんだよ。俺はお前を一度も忘れたことがなかった。でも我慢してたんだ。テレビを見て、あの店が映って、ああ、やっぱり運命なんだって、俺たちは結ばれなきゃいけないいんだって思ったんだ」

なに言ってるんだ、この男。生きてるだけで有害なゴミのくせに。

くるりと踵《きびす》を返して歩く私をゴミが追いかけてくる。

あれ？　この場所。

――竹やぶの道じゃないことに、私はその時気がついた。竹やぶの道から奥に入ったミカン畑の小径《こみち》。どうやら私はそこを歩いているらしい。今日は湿度が低いのか、夜風がさらさらとして気持ちがいい。散歩日和《びより》だ。

「おい、どこまで行くんだ？　このあたりでいいだろ？　誰もいない。なあ、いいだろ？」

うわずった声とともに肩をつかまれる。全身からぶわっと汗が噴き出す。

放せ。

私は振り返るなり上着の下に手を滑り込ませる。ベルトに挟んであった万能包丁の柄をつかむと、振り向くなりゴミの胸に飛び込んだ。

「おお！」

感極まったようなゴミの声。生暖かい息が首筋にかかり気が遠くなる。だけどここで気を失っちゃだめだ。最後までちゃんと殺さないと。私の居場所を守るために、私の心を守るために、こいつだけは確実に始末しないと。

私は握った柄をぐいっとひねった。

「や、やめ、やめてくれ。なにしてるんだ、お前。なんてことを」

ゴミの額《ひたい》から脂《あぶら》汗が噴き出す。私の手には肉の重さと心臓の拍動が伝わってきた。濃い血のにおいが風に交じって流れていく。

「あ」

大きく開いた口から声が漏れる。ゴミが人を呼ぶ前に、私はその声ごと、ゴミの喉を胸から抜いた包丁で切り裂いた。ぱっくり開いた喉からすごい勢いで血が噴き出した。ああ、なんてきれいな光景なんだろう。視界が赤く染まり、血のにおいだけが世界を支配する。こんなゴミでも死ぬ間際は美しい。それはとてもとても素晴らしいことだ。貴《とうと》いと言ってもいい。

こんなどうしようもない男でも、噴き出す血は生暖かく、甘美だった。

臓物を取り出し飾ってみようか。突き上げるような衝動に恍惚《こうこつ》となる。肉を削ぎ、骨だけにして、戦利品のように部屋に置くのもいい。ゴミから私が解放された記念だ。だけど同時に、こんな汚らわしいものを持っていたくないとも思う。

そうだ。いらないものだ。汚物を持って帰るなんてどうかしてる。

私はヒューヒューと音を出しながら逃げる汚物を追いかける。誰かに助けを求めようとさまよう姿が滑稽《こっけい》で笑えてくる。こんなやつに怯えていたのかと思うとバカらしくて笑いが止まらない。ちゃんととどめを刺して、私は〝私〟を自由にしないと。

足をもつれさせ、汚物が転がる。力尽きたのかと思ったけれど、意外にしぶとくてもう一度立ち上がり、竹やぶの道に向かった。人がいると思ったんだろう。でも、残念。ここにいるのは私と汚物だけだった。野次馬だって二十四時間張り付いているわけじゃない。警察の巡回だって同じだ。助けを求め住宅街に向かったとしても、ここからなら徒歩で十分以上かかる。どこまで歩く気なのかと思ったら、ちっとも借り手が見つからない貸しビルのドアにすがりついた。バカなやつ。そこは施錠《せじょう》されてて入れないのに。嘲笑《ちょうしょう》してから驚いた。ドアが開いて、汚物が貸しビルの中に消えたから。

よく見ると、ドアにかけられていたチェーンがはずされ、草むらの中に捨てられていた。このあたりにホテルなんてないから、野次馬が宿代わりに使ったのだろう。迷惑な話だ。溜息をつき、汚物が転んだ際に落としていったライターを拾う。お金に困っているのにいまだにタバコはやめられないらしい。自制心なんてないんだ。こういう習慣が変えられないように、性癖も変えられない。生きていれば、私のような犠牲者が増えるだけ。汚物は汚物らしく消えたほうが世のためになる。

ビルに入ると、案の定、段ボールや毛布が散乱していた。汚物の姿は見えなかったけど、苦しそうな息づかいは聞こえてくる。ここに隠れているのは間違いない。探すのも面倒だったので、近くに転がっている段ボールにライターで火をつけた。くすぶってなかなかつかず私を苛立《いらだ》たせた段ボールは、一度燃え上がると毛布に燃え移り、瞬《またた》く間に火柱となって天井で赤々と波打った。ものすごい熱量に私は満足し、ライターを炎の中に投げ込んでビルから出た。ボッとライターが破裂する音と汚物の唸《うな》り声を聞きながら、スキップでその場を離れる。

あ、こんなところで火事が起きたら竹やぶが焼けちゃうかも。ママのお店にも燃え移っちゃうかも。真っ赤な火柱になっちゃうかも。

うふふ。

うふふふふ。

きっと燃えるお店も、とってもきれい。

明け方に、消防車が何台も集まって消火活動がおこなわれた。

「すごいサイレンでびっくりして飛び起きて、見に行っちゃったの！　竹ってよく燃えるのよ!!」

ママの興奮はものすごいものだった。え、そこ驚くところ？　とは思ったけど。私は眠い目をこすりながらママを見る。

「ななちゃんぐっすり寝てたから、ママ一人で見に行ったのよ。住宅街の人も集まってきて、通り魔の次は火災だなんて怖いわねって話してたの」

「お店は？」

「無事！　お店の近くに貸しビルがあったでしょ？　そこは全焼して、竹やぶもだいぶ焼けちゃったけど、お店は水がかかった程度よ」

「そうなの？」

「そうなのよ〜。Ｉ駅の線路を越えて少し行くと消防署があるの覚えてる？　あそこから消防車が駆け付けてくれたから、お店まで火が回らなかったのよ。隣の市からも応援の消防車来てたし。すごかったわよ」

そっか、燃えなかったのか。ちょっと残念だけど、ママが嬉《うれ》しそうだからいっか。

「放火じゃないかってみんな騒いでたのよ」

「ふうん。死体は?」

「え?」

違う。間違えた。私はさりげなく言い直す。

「怪我人とか出たの?」

「どうかしら。ママすごく眠かったから、火が消えた時点で帰ってきちゃってよくわからないわ」

ママの目がちょっと充血している。ダイニングの時計は十二時をすぎていた。

「レニちゃんは?」

「まだ来てないみたい」

いつもならとっくに来ている時間なのにどうしたんだろう。不思議に思いながらも、汚物を排除した高揚で気分がよくて気にならなかった。心も体も自由になったみたいにふわふわしている。昨日の自分と今日の自分がまるで別人のようで、生まれ変わったみたいな感覚だった。

　トラウマを消したからかも。

　今の私は最強だ。向かうところ敵なし、みたいな。

「ママ、なにが食べた……あれ？　なにこれ」

　冷蔵庫を開けるとビニール袋に鯛《たい》が入っていた。デカい。しかも生だ。

「お客さんが持ってきてくれたの。ちいママと食べてって。ママ、料理苦手なのに！」

「いいよ、私がやるから」

「ななちゃん大好き！」

　まあだいたい食事の支度は私の担当だし。ママはお店で乾き物を出すのがお仕事だし。分業、分業。

　うつろな目で見つめてくる鯛を袋から引っぱり出し、軽く洗ってまな板の上にのせる。白いまな板の上にゆっくり広がっていく血を見て、ママは「きゃっ」と悲鳴をあげた。

「血はだめ！」

「ちょっとだけだよ」

　水でにじんでたくさんに見えるだけで、実際にはほんの数滴程度だ。それなのに、ママは激しく首を横にふって離れていく。

「でもだめ！」

ママが料理をしない原因はここにある。とにかく血が苦手なんだ。スーパーにあるお肉コーナーやお魚コーナーに近づけないほど大嫌いなんだ。普通、女の人は血に強いんだけどなあ。まあ、嫌いなものは仕方ないいんだけど。

「だめならもらわなきゃいいのに」

「ななちゃん調理できるし！　ななちゃんの煮付け好きだし!!」

「はいはい、煮付けね」

鍋からはみ出すから、愛用の万能包丁で頭を落とすことにする。鯛を包丁の背で撫でると鱗《うろこ》がザリザリと落ちていく。

ママがソファーに腰かけ、テレビのスイッチを入れた。

『A県I市で未明に起こった火災現場はこちらです。現在は鎮火していますが、ビルを含む竹林と、道路を挟んだ反対側にある畑とミカン畑の一部が焼け、消防車六台が出る火事となりました。こちらは三件の殺人事件があった現場でもあり、現在警察では関連を調べて……』

「わあ、こんなにも焼けちゃったんだ!?」

ママが呑気《のんき》に声をあげる。私は鯛の体を指でなぞって鱗の取り残しがないか確認し、包丁で鯛の腹を裂いた。人間の腸《ちょう》ってどんな感じなんだろう。鯛の腹からはみ出す赤と白の塊《かたまり》を見つめ、やっぱりあいつの腹を切っておけばよかったと反省する。あんな機会、滅多にないのに失敗した。

冷たい臓物を引っぱり出し、切り離し、ぽっかりとあいた灰色の腹のなかを覗き込む。人間はこんなにきれいにからっぽにならないんだろうなぁ、なんて思う。

『速報です！』

ニュースキャスターの声が高くなる。興奮しているみたいだ。私は骨にそってヒレの部分を切り離し、頭と背骨のあいだに包丁を入れた。

『貸しビルから遺体が発見されました！　今、警察からの発表で、倒壊したビルから遺体が見つかったと速報が入りました！　通り魔事件との関連についてはまだわかりませんが、続報が入り次第――』

ごりっ。

骨が砕け、頭と体が切り離される。

「ななちゃん、四人目！」

ママの声が遠い。

10

お店は今日も大盛況だ。オープン直後からほぼ満席で、大半は火事のニュースを見てママとお店を心配した常連さんだった。

「ママも不運だったねえ」

「店が焼けなかったんだから幸運だって。テレビ見てびっくりしたよ」

「え？　中継見たの？　年寄りは朝が早いから……」

「ニュースだよ！」

「しかし、誰が死んだんだろうな」

常連さん同士はとくに親しいわけじゃないのに、共通の話題があるせいか話が弾む。

「次に死ぬのは寺田《てらだ》さんだと思ってたよ」

「俺は桑原《くわばら》さんだと思ってた」

「御園《みその》さんがヤバいだろ」

「いやいや、佐々《さっさ》さんだ佐々さん」

あれ？　なんだ、私がお店に来ていないうちに知り合いになってたのか。このうえなく不謹慎な話をしている。もう少しゆっくり話してくれないと、顔と名前が一致しなくて誰が誰だかわからない。会社帰りのおっさんは、白いシャツに定番のズボンスタイルで間違い探しみたいだ。

「最近、あのビルに野次馬《やじうま》が出入りしてたって話だから、そいつらのうちの誰かなんじゃないの？」

「あー、いたねえ。お酒も持ち込んでたし、どんちゃん騒ぎのうえ寝タバコで火災、そのまま焼死、みたいな？」

「火葬代が浮いたわけだ」

「あはは、不謹慎だよ！」

笑ってるあんたも不謹慎だよ。呆《あき》れながら聞いていたら、急に声をひそめた。

「でも、ニュースじゃ刺し傷があったって」

「おおっと、殺人事件か！」

四人目ともなると感覚が麻痺《まひ》するのか、みんなどこか楽しそうだ。「怖いわあ」と、ママが適当に相づちを打っている。

「すみません、おつまみセットお願いします」

「はあい、ただいま」

はいはい、すぐお持ちしますよ。おつまみセットの注文が多いみたいで、ママがストックを作ってくれている。だから私はそれを声がかかったテーブルに運ぶだけ。誰の注文なのかと店内を見回して、私はついつい「げ」と声をあげてしまった。

先生だ。店内がうるさすぎて、また来店に気づかなかった。先生は今日も暑苦しくもきっちりネクタイを締めている。

「すみません、お通しも出さずに」

「いえいえ、お構いなく。混んでる時間帯に来てしまって申し訳ありません。勝手にビールとグラスを出して飲んでました」

にっこりと笑う。でもやっぱり目は笑っていない。

「それより大変でしたね」

「え?」

「火事です。店が燃えなくてよかった。あ、おつまみいかがですか? 僕はさきイカがあれば十分なので」

「結構です」

さっさとカウンターに戻ろうとしたら「僕が言ったんです」と、声が追ってきた。なんのことかと立ち止まって振り返る。気を持たせるような言い方にちょっとイラッとしたけど、続きが気になって先生の顔を見た。

先生がちょんっとテーブルをつつく。お手本みたいに爪が切られている指先だ。したがうのは癪《しゃく》だ。癪だけど、続きが聞きたい。卑怯《ひきょう》だ。ムカつく。

なのに、好奇心に逆らえなかった。

「――なんですか」

向かいの席に腰かける。これで下らない内容ならさっさと戻ろう。抗議の気持ちを込めて、できるだけ不機嫌な顔で先生を睨《にら》む。

「七緒《なお》さんをお店に連れ出さないほうがいいと助言したの、僕なんです。でも、やっぱり連れてきてしまうんですね」

助言って。なんか上から目線なのがやな感じ。

「家にいてもお店にいても危ないなら、いっしょにいたほうがいいって私が頼んだんです」

ざまあみろ。ママは先生の言葉より私を優先してくれるんだぞ。ちょっと優越感に浸っていると、先生は「そうですか」とうなずいた。

「めぐみさんにとって七緒さんは特別な相手のようです」

「当たり前でしょ。娘なんだから」

「――本当にそうなんでしょうか」

「……どういう意味ですか」

いちいちムカつく。席を立とうとしたら、ずいっとおつまみセットが私の前まで移動してきた。「どうぞ」とにっこり笑う。いつも通り、変な笑顔だ。

「めぐみさんは昔からあんな感じでしたか？　つかみどころがないというか、独特の感性を持っているというか。あなたとはまるで友だちであるかのように接して、接客も日によってまるで違い、どこか謎めいている」

今日のママはベリーショート。長い髪をストッキングキャップに押し込んで、茶髪でキュートに決めている。化粧も派手さより愛らしさを強調し、つけまつげの代わりに軽くマスカラをつけ、唇はヌーディーでグロスのみ。玩具《おもちゃ》みたいな大きくて真っ赤なハートのイヤリングにシンプルな白いシャツとドット柄のスカンツを合わせている。たしかにママの見た目はころころ変わる。雰囲気がガラッと変わるから、慣れていないお客さんは驚くし、別人だと勘違いする人までいるくらいだ。けど、謎めいているなんて大げさすぎる。

「いろんなお客さんの好みに合わせてるんです。飽きられないようにするための企業努力です。普通のことでしょ」

「なるほど、企業努力」

　こいつ絶対納得してないぞ。そういう顔をしてる。

「なにかいいことがあったんですか？」

　むっつりと口を引き結ぶ私に、先生が意外な質問をぶつけてきた。怒ってるのがわからないのか。こんなに頑張って口を尖《とが》らせて顔をしかめてるのに。

「別に、なにもありません」

「そうですか、おかしいですね。機嫌がいいように見えるんですが……」

「悪いです」

「以前は僕と目も合わせてくれませんでした。今日は目を合わせるどころか、僕の前に座ってくれている。信頼されるようになったってことなんですかね」

「先生が座るように言ったから」

　口ではなく態度で、座るようにうながしてきた。だから座っただけなのに、信頼されたと思うなんてどういう頭をしてるんだ。汚物といっしょでからっぽタイプなのかも。

　まあたしかに、前ほど異性が苦手という感じはなくなってる。汚物を排除した恩恵は大きく、男だからってむやみに怯《おび》える必要がないってわかったのはメリットだ。

　私を脅《おびや》かす人間は排除すればいい。

そう。簡単なことだ。

「めぐみさんのことで、なにか気になる点は？」

おかしな質問に、私はじっと先生を見た。さっきから変な質問ばかりしてくる。

「先生は、警察かなにかですか」

「いえ、関係ないです」

「好奇心？」

「そんな感じです」

どんな感じだよ。

「ママのことは個人情報なのでお答えできません。知りたかったらママに直接訊《き》いてください」

「訊いたんですが、めぐみさんは手強《てごわ》いんですよねえ」

は？　なにそれ、私がチョロいって言いたいの？　やっぱり嫌いだ、この人！

「不審な点をうかがいたかっただけなんですけどねえ」

「不審な点って」

「身の回りの異変とか」

ぱっと思い出したのは、汚物のことだった。

だめだ、と、私のなかでなにかが弾ける。今それを言ったらだめだ。こいつは危険だ。黙っていないと足をすくわれる。だけどこのままでは引き下がらないだろう。なにか別のことに興味をそらさないと。

それならいっそ――。

「……ママが、誰かを庇《かば》ってる気がして」

ああそうだ。そうだった。ママが私にきょうだいがいるって言った。でも、刑事はいないと否定した。その矛盾《むじゅん》。ママが私に嘘《うそ》をつき、誰かを庇っている可能性。

「誰か、というのは……今起こっている事件の犯人、ということでしょうか」

事件が多すぎて、どれを指してるのかわからない。全体をまとめて言ってるのか、それとも個々の事件を尋ねてるのか。少し考え、首をかしげる。

「わかんないけど、私に嘘をついてたし」

「嘘？」

「――いろいろと。だから、誰かを庇うために嘘をついてるんじゃないかって思って」

「その誰かとは？」

「ママの友だち」

「具体的には？」

「警察なら自分で調べてよ」

訊いてばかりの先生に言い返したら苦笑が返ってきた。

「だから僕は警察官でも、警察の関係者でもありません」

「じゃあ報道関係？」

「いえ。一般人です」

なんだろう、この騙《だま》された感。唖然《あぜん》とする私に、「え？　警察官に見えました？　報道関係とかも憧れますよね」と、ちょっと嬉《うれ》しそうに先生が笑った。

だから大人は嫌いなんだよ！　さらっと話を合わせてくるから！　いたいけな女子高生をそそのかすから！

立ち上がる私を見て、先生の目が瞬《またた》いた。

「行っちゃうんですか？」

「ごゆっくり！」

ぷりぷり怒りながらカウンターに戻ると、ママが驚いたように目を丸くしていた。

「先生となにかあった？」

ママは先生と結婚がしたい。違う。お金を持っている人といっしょになって、悠々自適な暮らしがしたい。だから先生と揉《も》めている私を見て心配してるんだ。結婚相手の候補に失礼を働いてないかって。先生がママを手強いと感じるのは当たり前だ。先生はたくさんいる候補の一人で、ふるいにかけられている一人なんだから。私みたいにチョロいはずがない。

「なんでもない！」

私はそう言って、ママから顔をそむけた。

閉店の十分前には片付けがはじまる。普通は最後のお客さんが帰ってから店を掃除するんだろうけど、スナックふたまたは違う。閉店まで残っていたお客さんたちが率先して片付けてくれるんだ。もちろん点数稼ぎだ。ママに好かれたくて、閉店三十分前に駆け込んでくる奇特な人もいる。

僕は仕事があるので、と、先生はデキる男みたいな顔で十時すぎには帰ったけど。

最近ママはタクシーで帰宅する。すっかり顔なじみになったドライバーは、「この前もママ目当てのお客さん乗せたんですよ！　好みの差し入れ知ってるか訊かれちゃって。モテますねえ、ママは！」と、ニコニコだ。以前から来てくれる常連さんも、ママ目当ての新規《ご》《しん》《き》さん《さん》野次馬も、刺激的な動画がほしいスマホ片手の野次馬も、テレビや雑誌関係の人たちも、ひっきりなしに乗せているらしい。便がいいからお店近くのＩ駅ではなく新しいＳ駅を使う人が多いことで起こった思わぬ恩恵という話だった。

「ななちゃんおかえり～」

「ただいま。ママもおかえり」

「ただいまぁ」

少しお酒を飲んだママは大きな犬のように人懐こい。

「はいお水。私先にシャワー浴びてくるね」

タバコを吸う人は少ないけど、それでもゼロってわけじゃない。だからなんとなく体中がくさくなった気がして着替えをつかんで脱衣所に入り、脱いだ服を洗濯機に突っ込んだ。浴室に入ると髪から順番に丁寧に体を洗う。ゆっくり湯船に浸かりたいところだけど、ママが本格的に寝入っちゃいそうだからシャワーだけですませる。

「それにしてもあの男、なんなんだろう」

私がカウンターに戻ったあと、先生は店を出るまでじっと私を目で追っていた。適当に話しかけてきたり、酔っ払って絡んできたら撃退してやれるのに、ただ見ているだけだからたちが悪い。

「ううう、気持ち悪い」

汚物第二号だ。排除対象だ。

「──包丁、研《と》いでおかないと」

あれ？　私なに言ってるんだろう。包丁？　なんで包丁を研ぐ必要があるんだっけ？

ああ、頭がぐるぐるしてきた。のぼせたのかな。

服を着て濡《ぬ》れた髪もそのままにダイニングに戻ると、ママはソファーで眠っていた。

「ママ！　お風呂あいたよ。シャワー浴びて、ベッドで寝ないと！」

「ん～、ななちゃん抱っこ～」

「無理！」

両手を差し出すママからバックステップで離れる。身長も体重もほとんど変わらないのに抱っこなんてできるはずがない。

「ほら起きて。ここで寝たら、体が痛くなっちゃうよ」

「ななちゃんの意地悪」

ぷうっと頰《ほお》を膨らませながら立ち上がり、よろよろと脱衣所に向かう。風呂場で寝ちゃいそうで心配になって、私はさっきママが寝ていたソファーに座り、エアコンをつけてからテレビのリモコンに手を伸ばした。

『火災現場で見つかった遺体は男性で、年齢は二十代から六十代、所持品はなく、身元特定には時間がかかる可能性があります』

　討論会みたいな円卓で、淡いピンク色のスーツを着たおばさんが淡々《たんたん》と手元の原稿を読む。

『上半身を中心に複数の刺し傷があったんですよね。これ、通り魔の犯行ってことなんでしょうか』

　いつもはバラエティ番組に出ているコメディアンが険しい表情で指を組み直す。

『同一犯だとすると、今までの犯行とはかけ離れた印象ですね。前の三件は刺殺《しさつ》、つまり失血死です。四件目は焼死です。刺し傷はあるものの死亡にはいたらず、気道から煤《すす》が出たことから、放火されたときにはまだ存命だったことがわかります』

　犯罪ジャーナリストというテロップとともに褐色《かっしょく》の肌に白髪のおじいちゃんが、見た目とはかけ離れた張りのある声で答えた。『生きたまま……』と、コメディアンが絶句する。お店では火葬代が浮いたって好評だったのになあ。まあどうせ、もう一回焼かなきゃだけど。火力足りてなかっただろうし。

『殺害方法が違うのは、複数犯――あるいは、今回の犯行は別の人物によるものであるためなのでしょうか？』

　ピンクのおばさんが尋ねると、犯罪ジャーナリストは『わかりません。それもあり得ます』と曖昧《あいまい》に答えた。専門家のくせに口調が急に頼りなくなる。出演料もらってるんでしょ？　プロならちゃんと働いてよ。

『このあたりって防犯カメラはないんですよね？』

ドラマの端役《はやく》で何度か見たことがある糸目のおじさんが確認する。

『防犯カメラがあるのは、駅と駅前のコンビニ、住宅街にあるコンビニですね。このあたりは竹林や墓地、畑がほとんどで全焼したビルの他に数件の飲食店があるだけなんです。被害者が電車を使っていたら、当日の足取りをたどれるかもしれませんが……』

『でも、この近くには駅が二つあるんですよね？　一方は利用客も多いとか……被害者の特定には時間がかかるんじゃないかなあ』

あのゴミが、車を買って維持していくほど金銭的によゆうがあるとは思えない。十中八九、電車移動だろう。店から近いＩ駅から調べるとしても、新しくて利用者が多いＳ駅も調べるのは確実だ。二駅分の降車客を一人ずつつぶしていくんだろう。もちろん、ゴミの正体がわからない警察は、取りこぼしがないように車の利用者も調べるはずだ。

「はー、ご苦労様」

まあ近々、あのデコボコな刑事が家に来るんだろうけど。被害者に心当たりはありませんか、なんてお決まりの台詞《せりふ》といっしょに。居留守でも使っちゃおうかなあ。だけど下手《へた》に張り込みなんてされたらレニが怯えて会いに来てくれないかもしれない。それは困る。

「なあに？　火事のニュース？　燃えちゃった人わかったの？」

お風呂から出て、さっぱりした顔でママがダイニングに入ってきた。

「あ、ななちゃん髪が濡れてる！　だめよ、ちゃんと乾かさなきゃ！」

「もうほとんど乾いてる」

濡れた髪にエアコンの風があたって気持ちいい。なのにママは、タオルを取ってくるなり私の髪をわしゃわしゃと拭きだした。謎多き女、ママ。……普通だよなあ。どう見てもいつも通りのママなんだけど。

「ねえママ」

「ん？」

「今日、ママといっしょに寝てもいい？」

「いいわよ！　大歓迎！　いつぶりかしら、いっしょに寝るの！」

ここに引っ越してきたときから別々の部屋で寝ていた。夜はママのお仕事の時間で、私にとっては眠る時間だったから。もちろん赤ちゃんの頃はお店に転がされてたけど、三歳頃にはアパートで独り寝をしていたと思う。仕事に行く前に声をかけるのは、私が寂しくないように、ママなりの配慮だったんだろう。

テレビとエアコンを切って、熱気のこもった自室から枕を持ち出す。ママは一足先に奥の部屋に行き、リモコンを連打していた。

「なにしてるの？」

「温度！　下げてるの！　ななちゃんが蒸し上がらないように！」

ママの部屋も私の部屋と同じくらい蒸し暑い。ベッドシーツがほかほかだ。部屋が涼しくなるまでのあいだ、私は室内を見回した。ミリ単位で整えられたみたいになにもかもが整然と並ぶ小物たち。前見たときとまったく同じで、写真を見ている気分だ。

ママがベッドシーツをバサバサふって熱気を払う。

「どうぞ！」

なんで興奮してるの、この人。キラッキラの目で誘われて、ちょっとだけ自分の発言を後悔する。今ここから出ていったら、きっとへそを曲げちゃうんだろうなあ。こっそり息をつき、ベッドにもぐり込んだ。体臭も、石鹸《せっけん》のにおいも、何一つしないシーツだった。部屋と同じ、不自然なくらい整えられたベッド。

ママが間接照明のスイッチを入れ、室内灯を消す。

「ねえママ、ママは先生と結婚したいの？」

「え、どうして？」

隣に横になったママが慌てたように尋ね返してくる。本当に予想外って感じで。

「私、あの人、やっぱり苦手。気づいてた？　お店にいるときずっと私を見てたの」

「ママを見てたのよ」

「私だよ」

ママは自意識過剰なんだよ。まあ、お客さんはだいたいママのファンだし、ママ目当てなんだけど。でも、その中にはおかしな性癖の人たちが交じっている。あの汚物みたいに、ママを狙うふりをして近づいてきて、私をいたぶるようなクズが。

ぞわっと鳥肌が立ち、私は慌てて腕を両手でこすった。

大丈夫。汚物はちゃんと始末した。きれいさっぱり消えてなくなった。だから怖いものなんて存在しない。私は最強で、もう誰も私を傷つけることなんてできない。

ねえ、そうでしょ？

「……先生は、ななちゃんに会いに来てるの？」

「店に来るなって先生に言って。ね、ママ。お願い」

先生が店に通うなら早めに始末する必要がある。でないと安心できない。先生のあの目が不安をかき立てるんだ。朝起きたら用心のために包丁を研いでおこう。襲う場所だって考えないと。ああ、失敗した。探すのが面倒だったし、汚物は燃やしたほうがいいと思ってビルに火をつけたのは軽率だったかも。

「そう……先生は、ななちゃんを狙ってるのね。だからななちゃんはずっと先生を怖がってたのね……ちゃんと始末を……うん……問題は…………」

なんだろう。いつものママと雰囲気が違う。うつろな目をして、宙を見つめてブツブツと口のなかで聞き取れない言葉を繰り返している。理由を確認しなきゃいけない気がするのに、その声が子守唄《うた》に聞こえてきてまぶたがゆっくりと落ちていってしまう。

「ごめんね、ななちゃん。もう大丈夫よ」

ぐんっと眠りが深くなる。

「怖いものは全部ママが――て、あげるから」

なに？　よく聞こえない。なんて言ったの？　ああ、だめだ。深く深く意識が落ちていく。

「だって、ななちゃんはママでしょ？」

問う声まで闇《やみ》に呑《の》まれて消えた。


静かな話し声。

「はい。申し訳ありません。どうしてもお話ししたいことがあって。……ええ、そうです。すぐに出られますか？」

内緒話をするときみたいに周りを警戒する声。

「はい。……では、お店で」

声が途切れて耳が痛いくらいの静寂が訪れる。かすかな衣擦れの音が遠ざかっていく。小さな金属音。あ、ドアが開いたんだ。カチッて音は、ドアが閉まったときのもの。床の軋《きし》みが遠ざかっていく。遠ざかって、途中で聞こえなくなった。

どこに行ったんだろう。こんな時間に。

時間？　何時？

体を起こし、時計を確認する。そういう夢を見て、私は飛び起きた。

「え？　なに、どうなってるの？」

見慣れない部屋に混乱し、すぐに思い出した。ママの部屋だ。いっしょに寝たんだ。時間を気にしない生活を送っていたのに、時計を見る夢で起きるなんて滑稽《こっけい》だ。深く息を吐き出し、もう一回寝ようとしたときに、ようやくママの姿がないことに気づく。時計を見ると五時半だった。

「……五時半って、朝だよね……？」

一時間も寝てないじゃん。

「うあー、眠っ！　こんな時間にどこ行ったの？　トイレ？」

何気なくベッドシーツを触ってぞっとした。冷たい。エアコンで冷やされたシーツは、まるで誰も寝てなかったみたいに冷えていた。いつからいなかったんだろう。さっき見たのって夢じゃなかったの？　夢と現実の境目がわからなくなっていく。

「ママ……？」

いつだって呼べば返事をしてくれるママは、今日に限って沈黙を守っている。それが怖くて、私はそっとママの部屋を出る。

「どこ？　トイレ？　まさかお風呂じゃないよね？」

外は明るくなっていたけど、家の中はうらはらに暗い。そのせいで、よけいに夢の境目がわからなくなる。トイレのドアを開け、脱衣所とお風呂場を開け、私の部屋も覗《のぞ》いてみる。だけどママの姿はない。

「……まさか、お店？」

夢か現実かわからない世界でママがそう話していた。早朝の五時台に待ち合わせるには不自然な場所だと思ったけど、ひとまず玄関に向かって、「あっ」と声が出た。私の靴は脱いだまま放置されていたのに、ママの靴だけがなかった。

お店だ。間違いない。

だけど、誰と待ち合わせしてるの?

「と、とにかく、行かなくちゃ」

いやな予感がする。不安でたまらない。靴を履き、玄関を飛び出す。鍵を閉めなきゃいけないけど、取りに戻る時間さえ惜しくてそのまま階段を駆け下りた。ぬめるように肌にまとわりつく空気のせいで、少し走るだけで汗が噴き出す。アパートからお店までは徒歩五分。走れば二分。私は無我夢中で走った。いつも以上に息苦しいのは、竹やぶが燃えたから空気が焦げ臭く呼吸が浅くなっているせいだろう。

規制線を飛び越え、私はお店に向かって一直線に駆けた。

「ママ、ママ、どこ……⁉」

道の途中でママを見つけられるんじゃないかと期待した。でも、だめだった。見えるのは焼け焦げた竹と灰になった竹、どこまでもうつろな世界だった。

ああ、まるで夢のなかにいるみたい。

私はいつも遠くから殺人鬼と被害者を眺め、犯行の瞬間に殺人鬼にすり替わる。今も同じだ。ほら、店が見えた。殺人鬼が高そうな車に近づいていく。車のドアが開き、ターゲットが姿を現す。背の低いぽっちゃりとした眼鏡の男。先生だ。早朝なのにクリーニング店から引き取ったばかりみたいな白いシャツにネクタイを締め、アイロンを丁寧にあてただろうスーツを着ている。今から殺されるっていうのに、なんでそんなかしこまった格好をしているんだろう。めかし込んでいるつもりなの？　いいところが見せたいの？　浮いてて笑えてくるんだけど。

殺人鬼がゆっくりと手を背後に回す。私もその仕草をなぞって背中に手を回す。そこにはないはずなのに、私の手は殺人鬼と同じようにベルトに挟んだ包丁を抜いていた。

視界が切り替わる。立ちこめる焦げたにおいが遠ざかり、手元の感覚だけが鮮明になる。振り上げた腕、驚く先生の顔。本当はわかってたんでしょ、犯人が誰なのか。それでも近づいてきたんでしょ、好奇心を抑えきれなくて。だからこんなことになったんだよ。全部先生が悪いんだよ。大丈夫、できるだけ痛くないように殺してあげるね。だからもう私にかかわらないで。私を見ないで、声をかけないで。

胸のひと突きで、すべてを終わらせてあげるから。

心臓めがけて振り下ろした万能包丁が、なぜだか先生の腕をかすめた。ああ、逃げちゃだめだよ。じっとしていないと手元がくるっちゃう。五って素敵な数字じゃない？　一つ目の区切りって感じ。五人目の犠牲者に選ばれたんだから、先生はもっと自慢していいんだよ。

だから抵抗しないで。早く私を受け入れて。

私はもう一度包丁を振り上げる。興奮で息が弾む。二度目はちゃんと心臓を刺さなくちゃ。逃げられたら大変だから。

「なぜこんなことを――」

先生が声をあげ、直後、私に気づいて息を呑んだ。呑んでから、笑った。

「ああ、やっぱり。そういうことですか」

え？　どういうこと？　先生、なんでそんなに嬉しそうなの？

戸惑った瞬間、包丁を握りしめたまま殺人鬼が振り返った。目が合う。驚きに、その顔が歪《ゆが》む。

「ママ……？」

男の子みたいに短いウィッグをかぶりぶかぶかの上着を着たママが、店の前に、先生の前にいた。

あれ？　なんでママがそこにいるの？　そこにいたのは殺人鬼だったのに、どうしてママが包丁を握って立っているの？　これじゃママが殺人鬼みたいじゃない。

現状が把握できずに立ち尽くしていると、視界に人影が割り込んできた。

「悠久《ゆひさ》めぐみ、殺人未遂の現行犯で逮捕する！　確保――!!」

お店の陰《かげ》から飛び出してきたたくさんの警察官が号令とともにいっせいに駆け出した。

そして、逃げようと踵《きびす》を返したママをあっという間に道路に押さえつけた。

「ななちゃん、ななちゃん……ああよかった、そっちにいるのね」

たくさんの足音と怒鳴り声の中で、ママの声が、不思議なくらいはっきりと私の耳に届いた。

うん。私はここにいるよ。

私たちはここにいるよ。

だからママはなにも心配しないで。

11

使い古された硬い長椅子《いす》と行き交う制服姿の大人たち。椅子に座っているのは、案外普通の見た目の人ばかりだった。頬《ほお》に傷があったり、小指がない筋骨隆々《きんこつりゅうりゅう》のおじさんがいるかと思ったら全然そんなことはない。子ども連れの若い女の人や、スーツ姿のサラリーマン風のお兄さん、肩を寄せ合う老夫婦――まるで病院の待合室みたい。

暇だ。

待つように言われて四時間くらいたっている。はじめはデコボコ刑事のひょろ長《なが》のお兄さんがいっしょにいたんだけど、婦人警官に呼ばれてどこかに行って帰ってこない。もう朝ごはんの時間すぎてるんじゃないかなあ。食べさせてくれないなんて、虐待《ぎゃくたい》で警察にクレームを入れちゃうぞ。

それにしても、暇なうえに空腹なんてひどすぎる。仕方ない。ひょろ長のお兄さんを探してなにかご馳走《ちそう》してもらおう。

からっぽのお腹《なか》をかかえ、私はくすんだ廊下をふらふらと歩く。どこに行っていいかさっぱりわからなかったけど、大人たちは忙しいのか私をちらりと見るだけで声をかけてくることはなかった。だから私も適当に歩くことにした。

地域課、交通課、総務課、免許更新窓口……私とは縁遠いプレートがかかった部屋からはたくさんの話し声がひっきりなしに聞こえてきた。階段を見つけたから二階に行ってみる。生活安全課、刑事第一課……あ、なんか急に物々しい単語になった。

「どうにも要領を得ませんなあ。九条《くじょう》先生、いかがですか？」

ひょろ長のお兄さんを探していたのに、かすかに聞こえてきたのは相棒のちっこいおっさんの声だった。そういえば、「確保」って叫んだのと同じ声だ。あれはちっこいおっさんの号令だったのか。もしかしてえらい人だったの？　捜査とか、下っ端の仕事なのかと思ったのに。

私はそっと壁に張り付く。なんだこの子って目で大人が見てくるけど知ったことか。ちょっと考え廊下を見回し、近くのドアから声が漏れていることに気づく。少し迷ってから慎重にドアノブをひねり、こっそり中を覗《のぞ》いた。テーブルがいくつも並んだ広い部屋の奥に、いつも通り白いシャツを腕まくりしたちっこいおっさんと先生が向かい合わせで立っていた。やっぱりひょろ長のお兄さんはいない。警察署の外だけいっしょに行動してたのかも。刑事って二人一組がルールなんだっけ？　ドラマでやってた。

「……馴染《なじ》んでるじゃん」

やっぱり先生、警察関係者だったんだ。嘘《うそ》つき。本当に大人は信用できない。平気で嘘をつくんだから。

「おおかた予想通りですよ」

「予想通り？　あれが？　悠久《ゆひさ》めぐみの反応は、自分には異常に思えるんですが」

先生の言葉にちっこいおっさんが驚く。私はママの名前が出てきたことに驚いた。

「彼女には主人格以外に八つの交代人格があるんです」

「主人格、ですか」

「彼女の一番基礎になる人格です。一番古い、もともとの人格ということです」

「交代人格というのは？」

「彼女が作り出した別人格です」

「いやいや、待ってください。それってつまり」

「多重人格者です」

先生が断言する。

多重人格者？　誰が？　まさか、ママが？　ちょっと変わってるけど、気分屋だけど、ママは普通のママなんだけど。

　心のなかで抗議する私の耳に、先生の声が飛び込んでくる。

「彼女のなかには主人格を含めて九つの人格があるんです。そういう事例をご存じありませんか?」

「あります。ありますが……しかし、実際目にするのははじめてで」

　ほら、先生が適当なことを言うから、ちっこいおっさんが困ってるじゃん。

「案外と多いんですよ。外傷性精神疾患《しっかん》の一つで、幻聴、幻覚、体感異常、気配過敏症、対人過敏症、健忘《けんぼう》などを訴える患者が散見されます。そのため、境界性パーソナリティ障害や統合失調症と混同されやすい。軽度の解離は多くの人たちにみられ、気づかれないだけで、百人に一人はいるんじゃないかと予想する精神科医もいるくらいです」

「そんなバカな」

「漫画家や小説家がよく言うでしょう。キャラクターが勝手に動き出したって。あれもあながち間違いじゃないのだと、僕は思います。それが心のなかでのみ動くか、外に出て自由に動くのか——まあ、多重人格、今で言う解離性同一性障害は、そうなるきっかけがある場合が多いんですけどね」

「悠久めぐみにもあったと?」

「ええ。調べていけばわかることですが、実母によるネグレクトと実父による性的虐待が引き金でしょう。それがトリガーとなって、自分を守るために解離していったと予想されます。虐待されるのは自分じゃない別の誰かだ、そう思うことで心を守る。よくある症例です」

「それで八つですか」

「解離性同一性障害は複数の人格を有することが多いんです。めぐみさんの場合、一番はじめに現れたのは〝イチロー〟と呼ばれる少年です。彼は内向的だがとても我慢強い。虐待による痛みを彼が一手に引き受けていたと思われます。三郎《さぶろう》というのはイチローの兄的な存在で、こちらはかなり神経質で几帳面《きちょうめん》です。潔癖な一面もある。四葉《よつば》は少女ですね。怒《いか》りの感情が強く自傷《じしょう》を繰り返し自殺未遂に発展したこともある。左手首をご覧になりましたか？」

「男物の腕時計ですか？」

「あの下には四葉のものとみられるリストカットのあとが無数にある。どうやらイチローと三郎が自傷を止めるためにあえて男物の腕時計を選んだようです」

三郎くんからはずすなって言われていたママの腕時計。そんな理由があったなんて、ママからは一度も聞いてない。

「つまり先生は、二つの人格が、別の人格の行動の邪魔をしたとおっしゃるんですか？」

「別段珍しい症例ではありません。Aという交代人格の問題行動をやめさせたいと、Bという交代人格が精神科に訪れることもあるくらいですからね」

交代人格が交代人格を止めるってこと？　状況がカオスすぎる。

「ゴマという子もいます。性別はよくわかりませんが、どうやら皆から愛されているマスコット的な立ち位置のようだ」

ゴマちゃん！　ママにまだ紹介してもらってない！　ん？　ゴマちゃんも交代人格だったの？　じゃあ紹介って……。

「ムジカは典型的なギャルでした。お店で働くときによく出てきていたようです。社交的でノリがいい。そして、夜坂《やさか》というのが殺人鬼です」

「ま、待ってください！」

「なんでしょう」

「自分は何度か悠久めぐみに会っています。ですが、交代人格、ですか？　それには気づきませんでした」

「解離性同一性障害は、出てきた人格のせいで別人のように見えるばかりじゃないんです。そういう印象が強いと思いますが、互いが互いを理解し、主人格が不在のときに、主人格のふりをして生活する場合もある」

「なぜですか？」

「そちらのほうが都合がいいんですよ。だって、会うたびに別人になってたら、皆が不審がるでしょう。——不審がるんですよ。普通はね」

思わせぶりに、先生はそこでいったん言葉を切った。

「僕がめぐみさんに興味を持ったのは、変わったママがいるスナックがあるという友人の紹介からでした」

「そういえば、事件の前からご存じだったんですよね？」

「ええ。僕はお酒が得意ではなかったので、目的はお酒よりめぐみさん自身でした」

高いウイスキーを入れてちびちび舐《な》めていたのは、味がわかる男だからじゃなく、単に酒が弱かっただけだったのか。まんまと騙《だま》された。ママは「本物がわかる男は違うわ！」ってすっかりのぼせてたけど——ん？　それってママじゃなくて、ムジカって交代人格？

ああ、混乱してきた。お店のときは家にいるときよりベタベタしてこなかったけど、私のママじゃなかったからなのかな。

「どんな印象でしたか？」

「たしかに別人のようだ、と。めぐみさんとムジカでは利き手も違ってましたし、当然筆跡も違います」

利き手？　どうだったかなあ。家では右手でお箸《はし》を持ってたけど。

「——さきほど確認しましたが、全員筆跡が違いました」

困り果てた声でちっこいおっさんが肯定する。確認がスムーズなのは、先生が指示を出したからなのかな。先生って何者なんだろう。

「興味深いでしょう。恐らくですが、好みやクセも違っているはずです」

一ミリ単位で整えられたママの部屋と、きっちりしまわれたプレゼントたち。違和感を思い出し、三郎くんの仕業なのかと少し納得した。だけど私が気づいたのはその程度だ。子どもみたいに感情の起伏が激しくて、甘えたがりで、自由なママ。もしそれが、本当のママじゃなかったとしたら？

ダイニングに落ちていたプラチナのネクタイピン。

お菓子とブラックコーヒー。

野次馬《やじうま》を撃退した親友。

スツールに座って微笑《ほほえ》む女王様なママ。

どれもこれもが歪《ゆが》んでいただなんて。

「犯行の動機が娘というのが、自分には少し納得がいきません」

聞こえてきたちっこいおっさんの声に、私ははっと息を呑《の》む。娘？　私のこと？　混乱しているとちっこいおっさんが言葉を続けた。

「悠久めぐみの話では、第一の犠牲者である遠山功《とおやまいさお》は娘に強い関心を持っていた。実際に彼のスマホから娘を盗撮した写真や動画がいくつも出てきました」

うええええ。なにそれ。私全然知らないんだけど！

「少女買春の前科を知った悠久めぐみは、彼が食事会で睡眠薬を使い暴行を働こうと計画していることに気づき殺人を決行。遠山の部屋から睡眠導入剤が押収されています。第二の犠牲者である髙岡周三《たかおかしゅうぞう》は違法ポルノの販売をおこなっていて、やはり娘に強い関心を持っていた。……母子共演の動画を撮ろうと知人に声をかけた直後に殺害されています」

変態しかいないのかよ。ママのダメンズハンターぶりは筋金入りだな。元夫もＤＶ男だったし、誘引剤でも持ってるのかも。

「ななちゃんがそういうの惹《ひ》きつけちゃうんじゃない？」

聞き慣れた声に振り向くと、襟だけゴージャスなレースになった黒のワンピースを着たレニが、両手を後ろに回し、小首をかしげるようにして立っていた。

あ、来てくれたんだ。さすがレニ、頼りになる。人見知りなのにこんな場所まで会いに来てくれるなんて、親友の鑑《かがみ》。だけど、どうして私が警察署にいるってわかったんだろう。

ねえそれより聞いてよ、レニ。私がお店に行ったせいで、ママの男運を下げちゃったのかもしれないの。

「ななちゃん、ママに似てかわいいから」

ダメンズハンターはママじゃなく私ってこと？

「ななちゃん可哀想《かわいそう》」

そこは否定してよ、あははははははははは。

「第三の犠牲者である黒屋敷《くろやしき》トオル、本名田中通《たなかとおる》は……彼の場合は、ちょっと話が食い違うんです」

黒ちゃん。私の情報源。英陸《父親》探しに協力してくれたのに、そういえばなんで殺されちゃったんだろう。

「黒屋敷さんはロリコンでも変態でもなさそうで、ななちゃんともうまくいってたのにね」

レニも不思議そうだ。もしかして黒ちゃんも変態のロリコンだったってこと？　そんな感じはしなかったんだけど。

「黒屋敷トオルは悠久めぐみの娘と、とくに親しかったようです」

ちっこいおっさんの報告に私はうなずく。たしかに他の人と比べると仲はよかった。黒ちゃんは私が苦手とする中年オヤジからちょっと外れてたし、なにより私をスクープの情報源としてしか見てないのが丸わかりで、こっちも割り切れたから。異性っていうよりパートナー。お互いがお互いを利用するために手を組んだ相棒だ。

だけどママに排除された。どうしてだろう。貧乏だけどいい人そうだったのに。

その時、思い出した。

《ななちゃんはいつから黒ちゃんと仲良くなったの？》

ママにそう訊《き》かれたことを。英陸《はなぶさりく》の家に行って、その報告を黒ちゃんにした日だ。

私はママの質問を否定した。勘ぐられたくなかったから、しつこく話しかけられて困っている、と無関係をアピールした。

「めぐちゃん、勘違いしちゃったんだね」

レニの声。そうだ、勘違いさせちゃったんだ。黒ちゃんが娘に危害を加える危険人物だと思われちゃったんだ。だから排除された。二人も殺していたから、三人目を殺すことに抵抗がなかったんだろう。

私は茫然《ぼうぜん》とする。

「四人目の被害者は相馬悦次郎《そうまえつじろう》」

汚物の名前だ。そうそう、そんな名前だった。不幸な黒ちゃんに同情する気持ちが一瞬で吹き飛んだ。ママにはえっちゃんとか言われてたっけ。

「なぜか彼に関しては沈黙するんです。どんな男性なのかと印象を訊くと、クズだゴミだ、大嘘つきのロリコンだと罵詈雑言《ばりぞうごん》を並べるんですが、犯行時のことを訊くと沈黙」

「沈黙ですか」

「――犯行はすべて夜坂がやったと言うんですけどね」

「交代人格の一人ですね」

ふむっと先生が顎《あご》に手をやる。

夜坂くん。ママのボディーガード。ん？　交代人格？　んんんん？　でも夜坂くん、今ママのところにはいないと思うんだけど。

レニといっしょに耳をそばだてる私の背後に、もう一つ、人の気配が生まれる。そちらに気を取られかけたとき、先生の声が聞こえてきた。

「夜坂にはめぐみさんを守る役割がある。なるほど、なるほど。それならつじつまが合う」

「つじつま？」

「――解離性同一性障害は、元となる人格を主人格と呼び、それ以外を交代人格と呼ぶのが一般的です。しかし僕はめぐみさんの場合には〝副人格〟という呼称が近い気がするのです。交代をすることはもちろんありますが、彼ら彼女らは、〝会話〟を好む。そちらがメインという人格もあるようなのです」

「はあ」

「お気づきでしょうか。彼女の副人格は、生まれた順番に数字がついている。一番はじめに出現したのはイチロー、二番目はレニ」

レニ。

先生の言葉を聞きながら、私は隣を見る。レニがにっこり笑う。

「三番目は三郎、四番目は四葉、五番目はゴマ、六番目はムジカ、そして、八番目はヤサカ」

「七番目が抜けている。……いや、まさか」

口ごもるちっこいおっさんに、先生はうなずく。

「そう、七番目は七緒、です」

「しかし……しかしそれは、彼女の娘でしょう」

あれ？　私の名前だ。そうだよ、私はママの娘。なんで交代人格だか副人格だかにカウントされてるの？

――意味が、わからないんだけど。

「妊娠出産というのは、体にとって異常事態です。めぐみさんは苦痛のすべてを副人格に押しつけ、彼女自身には出産したという記憶が皆無なんです。副人格が一つ増えたという認識なんです」

ママはみんなのママ。

その言葉が頭のなかをぐるぐる回る。あれって誰が一番はじめに言い出したんだっけ。いつ聞いたんだっけ。

ママは私と生活しながら、私のことをこれっぽっちも認知していなかったなんて。

「実際彼女は七緒《ななお》さんのことを娘だと紹介したことがないんです。ただの一度も——ただの一度も、です」

断言する先生に、ちっこいおっさんは唖然《あぜん》とする。

「いやなことからは逃げればいい。目をそらせばいい。そういう暮らしをしてきたから、七緒さんがいやがることも強要しない。学校にも行かせず、自分の一部だと思い込んでいるから、夜坂も七緒さんを守るために平気で殺人を犯した。彼にとって、七緒さんはめぐみさんそのものなんです」

「は、はは。理解の範疇《はんちゅう》を超えてますな」

ちっこいおっさんはポケットからハンカチを出し、額《ひたい》の汗をぬぐった。困惑に顔が強《こわ》ばっている。

「そんな環境下でまともに育つとは思えない」

ぽつんと聞こえてくる独り言。

まともだよ。私は普通だよ。普通に学校に行って、普通に不登校になって、普通に親友と怠惰《たいだ》を謳歌《おうか》し、普通にママと暮らしていた。

ごくごく普通の、なんの変哲もない女子高生。

「……英さんが心配したとおりになりました」

先生のつぶやきには、心なしか疲れたような響きが含まれている。

「失礼ですが、九条先生は英陸と……?」

「ええ、面識があります。十年以上前に相談されたんです。妻の様子がおかしいから診《み》てほしい、と」

「十年以上前? そんなに以前から?」

意外な繋《つな》がりにちっこいおっさんがびっくりする。私もびっくりだ。

「ですが、めぐみさんに気づかれて……いや、たぶん気づいたのは治療を恐れた三郎ですね。先手を打たれ、DVで訴えられたんです。傷を捏造《ねつぞう》し、証拠を捏造し、周りを巻き込み、実に巧妙でした。……今にして思えば、ですが」

DVするクズ、それが父緒である英陸の評価だった。ずっとそう聞いていたから真実だと思っていた。離婚しないとみんなと会えなくなるって、そこまでママが追い詰められていて――え？　じゃあ、〝みんな〟って？

心臓がバクバクする。

今までの認識が反転する。

多重人格者だったママ。それに気づいた英陸。英陸はママを病院に連れていこうとし、治療によって交代人格がなくなるのを恐れた三郎くんがそれを阻止しようとして――。

私は漏れそうになる悲鳴を、大きく開いた口を、両手で押さえた。

ガチンッとなにかが頭のなかで嚙《か》み合う。

「すっかり犯罪者に仕立て上げられた英さんは心を病んでしまって、しばらく僕のクリニックに通っていたんです。今は社会復帰できるくらい回復しましたが、それでも対人恐怖症だけは改善せずいまだ治療中です」

不自然なくらい生活感のない借家で英陸は暮らしていた。周りを騙していたんじゃない。周りとかかわるのが恐ろしくて、すべてを拒絶していたんだ。

「クリニックってことは、先生って本当に先生だったんだ！　びっくり！」

蒼白《そうはく》になる私の隣で、レニが「信じられない」と続ける。話の流れからして精神科なんだろう。メンタルクリニックの可能性もあるけど――でもまさか、ＤＶが三郎くんの虚言だったなんて思いもしなかった。

「悠久めぐみに気づかれなくてよかったですね。不謹慎ですが……もし、離婚のときにかかわっていた医師だと気づいたら、先生が第一の犠牲者になっていたかもしれない」

「十四年も前ですからね。僕はその頃、ガリガリで眼鏡もしてなかったし、まったくの別人でした。……三郎は飲み屋の仕事自体否定的で、店に出なかったのも幸いでした」

「主人格や交代人格のあいだで記憶は共有されないんですか？」

「されない場合も多いです。だから健忘を訴え、日常生活に支障をきたす人も多いんです。どこに行ったのか、誰と話したのか、なにを買ったのか、数時間、あるいは数日の記憶がないこともある」

なるほど厄介《やっかい》ですね、と、ちっこいおっさんは、わかっているのかいないのか曖昧《あいまい》にうなずく。

「娘のほうから、殺人犯は英陸の息子だと訴えられました。通報もしていたようです」

一応把握していたらしく、ちっこいおっさんが思案げな声を出す。先生はちょっとだけ首をかしげた。

「息子はいませんよ」

「ええ、記録はありませんでした」

「なぜそんな話になったのか……ああ、もしかしたら、めぐみさんは七緒さんの性別を誤認していたのかもしれません。離婚前、男の子用の服を買って……いやでも、あの時は女の子用の服も買っていて、英さんが困っていたな」

遠い目をしながら先生がブツブツと口のなかでつぶやく。そんな先生を見ていたら、ママにきょうだいがいるか尋ねたときのことを思い出した。きょうだいがいると言い切ったママの姿。どうして黙っていたのか理由を訊いたら、こう答えた。

《だって、あいつがななちゃんにはきょうだいなんていないって言い出して、いつの間にかななちゃんだけになってたんだもん》

あの時は息子まで取り上げたＤＶ男の鬼畜《きちく》ぶりに腹を立てた。

だけど、違ってたのかも。

三郎くんにネクタイピンを買ったように、幼い私にも子ども服を買ったのかも。そして、幼い私のきょうだいにも同じように子ども服を買い与えたのかも。

もしもそうなら、それが本当なら——。

「ああ、なるほど」

急に明朗になる先生の声に私はぎくりとする。

「失敗しました。聴取のとき、めぐみさんに確認しながら副人格の名前を書き取ったんです。めぐみさんに直接書いてもらうべきでした」

「なにか問題でも?」

「〝ななお〟と言われたとき、僕はとっさに〝七緒〟と書いてしまったんです」

「……なにか問題でも……?」

ちっこいおっさんは意味がわかっていないみたいだった。

でも、私にはわかってしまった。

先生がなにを言いたいのか。

先生はちっこいおっさんに説明するようにゆっくりと言葉を続けた。

「僕が〝七緒〟と書いたあと、めぐみさんはもう一回、〝ななお〟って言ったんです」

「……もう一回ってことは……つまり、二回言った、ということですか」

ちっこいおっさんが確認すると、先生はすかさず言い直した。

「二人分ですね。一人は〝七緒〟です。もう一人の〝ななお〟はどんな漢字を使っていたのかなあ。数字の〝七〟に〝夫〟だったのか、〝雄〟だったのか、〝男〟だったのか」

「……二人分」

面白そうにうなずく先生とは違い、ちっこいおっさんはちょっと茫然としていた。

ああ。そうだ。ママは私にきょうだいがいるって言った。だけど、ママには子どもを産んだ自覚がない。私のことすら認知していない。

ママにとって私はあくまでも副人格の一人。

私のきょうだいも副人格の一人。

私にきょうだいがいるとは言ったけど、〝息子〟がいるなんて、ママは一言も言っていなかったんだ。

——壊れていたんだ。

ママの頭のなかは、ずっと昔に。本当に、どうしようもなくめちゃくちゃだったんだ。

ママは、ママの頭のなかにいる友人たちに囲まれて暮らしていた。そうして、その友人たちと離れるのがいやで英陸をＤＶ男にでっち上げ、いもしない〝息子〟を捨て、人格の一つだと思い込んでいる〝娘〟を連れて逃げた。

先生は驚いただろうな。スナックにいる〝変わったママ〟が患者の元奥さんで、知ってる人だったんだから。

「十四年前にめぐみさんが治療を受けていたら、こんなことにはならなかったかもしれない」

「……娘のほうは保護施設に預けられる予定です。父親は養育できる状態ではありませんし、双方の祖父母はすでに他界していますから」

「その件ですが、めぐみさんは実の両親も殺害してるかもしれません」

さらりと語る先生に、私はもちろん、ちっこいおっさんもぎょっとした。

「出火元はストーブで、両親は焼死という診断で……」

「めぐみさんが十二歳のときですよね？　僕も英さんから相談を受けたとき、一通り調べたんです。虐待があったこと、何度か保護施設に預けられたこと、十二歳のときに火事があって実家が焼け、また施設に預けられたこと」

「不審な点はありませんでした」

「ええ。不審な点はないです、彼女が解離性同一性障害であること以外は。殺害がずさんだから、恐らくめぐみさん本人か、あるいは当時彼女のなかにいた副人格が犯行に及んだんでしょう。両親を階段から突き落として火をつけた」

「……再調査してみます」

ちっこいおっさんの声が疲れ果てている。

「めぐみさん、血が苦手なんですよね。殺害時《そのとき》の記憶が影響しているんだと思います」

バイオレンスな過去に混乱する。いつもニコニコ笑ってるママが、おじいちゃんとおばあちゃんまで殺してたの？　嘘でしょ？　ああほら、ちっこいおっさんも混乱してるじゃない。っていうか、今それ言わなくてもいいじゃん先生。

「ほ、他になにか気づいたことは？」

なんで訊くんだよ、おっさん。

「いえ、もうありませんよ」

先生の言葉に、ちっこいおっさんが胸を撫《な》で下ろす。

「先生にはいろいろ驚かされます。今朝《けさ》もそうです。これから犯人と会うという連絡があったときは肝《きも》が冷えました」

「申し訳ありません。めぐみさんの店での様子を見ていたら、どうやら僕が次のターゲットのようだと感じて、実際に電話がかかってきたもので」

「危険すぎます」

「実は、僕なら襲われないかもしれないと、そう思っていたんです」

「根拠は？」

「名前です。言ったでしょう。彼女の副人格は生まれた順番に数字がついている。僕は九条です。九番目の自分であると、めぐみさんはそう認識してくれているのではないかと。途中まではうまくいっていたんですが、七緒さんが僕を否定した頃から雲行きが怪しくなってきて……」

「本当に殺されるところだったんです。自覚してください、九条先生。こちらとしては、これからも先生に協力を願いたいのに」

「僕は情報提供をした一般人にすぎませんよ。ただのしがない精神科医です。……本当に夜坂が現れたら、僕は死んでいたでしょう」

「え？」

「僕を襲ったのは、恐らくめぐみさん本人です」

「おっしゃってる意味が……」

「四件の事件と違い、僕のときは証拠を残しました。通話記録という証拠を」

「たしかに電話で呼び出されたのは先生だけでしたが……しかし、われわれの見立てでは、四件目、焼死した相馬悦次郎のほうが、他の三件と殺害方法が違うという認識で」

「ですが、狙いは正確だったでしょう？」

「──おっしゃるとおりです。よくご存じですね」

「知り合いの刑事に少し話を聞いたんです。めぐみさんは人気者だから、常連客らしき男性から見当違いな通報が多くて現場がそうとう混乱していたとか」

　ちっこいおっさんががっくり肩を落とす。

「その際、凶器や創傷《そうしょう》の話題も出ていました。回を追うごとに正確に心臓を狙うようになっていると。にもかかわらず、五人目の僕に対しては、明らかに急所を狙い損ねていた。まるで初犯みたいに躊躇《ためら》いが感じられたんです」

断言する先生に、ちっこいおっさんは困り顔だ。先生はさらに言葉を続けた。

「それに、夜坂がいないんです。どこにも」

「交代人格なんだから、犯行後に引っ込んで、今は表に出てこないだけなのでは？　殺人鬼である夜坂という人格を皆で隠しているのかもしれない」

「井賀《いが》刑事は面白いことをおっしゃいますね。なるほど、交代人格による隠蔽《いんぺい》か。興味深い」

「――先生は、違うとお考えなんですか？　残念ながら自分たちにはそれを確認する方法がありません。交代人格といっても、実際に取り調べるのは悠久めぐみ一人だけです。もちろん精神鑑定は必須でしょうが……」

「警察は公的に多重人格を認めていない。となると、取り調べはますます難航しそうですねえ」

先生の溜息に、ちっこいおっさんの口元が引きつった。今から先が思いやられる、そんな顔だ。

「では、僕の意見を言いますね」

前置きする先生に、ちっこいおっさんはゴクリと唾《つば》を飲み込んだ。

「夜坂を出すよう頼んだら、めぐみさんも、それ以外の副人格も、全員が〝夜坂はいない〟

と言いました。精神科医の観点から、僕はその言葉に嘘が混じっていないと考えます」

「――では、どこに?」

堂々巡りになりそうな会話を進めるために、ちっこいおっさんが折れて先をうながす。

なのに先生はあっさりと首を横にふった。

「わかりません」

気を持たせておいて「わかりません」だなんて、なんてひどいやつだ。ちっこいおっさんが宙をあおいじゃったじゃないか。

「解離性同一性障害では、治療が進むと交代人格が主人格に統合される場合があるんですが、めぐみさんにその兆候は見られない。それに、不在の人格が複数あるようなんです。一つは殺人鬼である夜坂、もう一つは実子であるにもかかわらず交代人格と誤認させている七緒さん、そして、レニ」

「……レニ……さっきうかがったときも思ったんですが、その名前、どこかで……」

ちっこいおっさんが顎を撫で「あっ」という顔をする。

「事件の話を訊きにアパートに行ったとき、勘違いしたようでわれわれのことをレニと呼んで……いや、でもあれは娘のほうか。悠久めぐみは就寝中だったから」

「――七緒さんが?」

「聞き間違いだったのかもしれません」

「副人格の共有？」

違うよ、先生。共有なんてしていない。そう。していない。だってレニはここにいるから。私の隣にちゃんといるから。私のものになったら、ママのところから消えちゃうの。

レニは昔、ママの親友だった。

だけど今は私の親友。

言うなれば、これは。

「副人格の奪取《だつしゅ》」

先生の言葉に思わず笑ってしまう。奪取。うん、いい響き。存在しない人格を作り出して、存在しない人格を奪われる。だからママはいつもレニの有無を私に訊いた。レニの来訪に気づくのは私だけで、レニの不在に気づくのも私だけ。

だってレニは私のものだから。

幼稚園で出会ってからずっと私のものだったから。

急に目の前がさあっと明るくなった気がした。レニが学校に行っていないのも、席がなかったのも、級友が誰一人彼女を覚えていなかったのも当たり前。昼頃に悠久家に訪れ夜にいなくなるのも全部私の都合に合わせていたからだ。家がないから遊びに行くのを拒まれたし、食事ができないから厳しい家という解釈でつじつまを合わせた。人見知りなのも、暑さに平気なのも、全部全部、なにもかも——。

彼女がいない現実に気づかないよう、私が勝手に理由をつけて、受け入れていたんだ。

「そんな事例は聞いたことがありませんが……しかし、めぐみさんと七緒さんは共依存に近い関係だ。解離性同一性障害を患《わずら》うめぐみさんの近くにいたせいで、感受性が高い七緒さんにもなんらかの影響があった可能性は十分に考えられる。めぐみさんの逮捕時も、七緒さんは自分が犯罪者であると思い込んでいた。もし今まで起こった四件の殺人も七緒さんが目撃していたとしたら——」

先生がつぶやく。

惜しい。近いけどちょっと違う。

三人目までは、私はただの傍観者だった。でも四人目は、あの汚物は、違う。

あの汚物は、ママが殺したんじゃないの。

「やっぱあの先生、ちゃんと殺《や》っておけばよかった。めぐみが先走るから、殺し損ねたうえに疑われてるじゃないか」

ずっと私たちの背後でたたずんでいた気配が、低い声とともに不満を漏らす。

「めぐちゃんは必死だったんだよ。ななちゃんを守りたかったんだよ」

ママを庇《かば》うのはレニだ。

「こっちに任せておけばよかったんだ。俺なら今まで通りうまくやれたのに」

うん、そうだね。夜坂くんなら完璧に始末できたと思う。私が汚物を処分できたみたいに、証拠を残さず焼き尽くしてくれただろう。だけど、今さら言っても仕方ない。

だってママは捕まっちゃったんだから。

現行犯逮捕だよ。言い逃れなんてできないよ。

ホント、私に——私のなかの夜坂くんに任せてくれたらよかったのに。

「でもななちゃん、精神疾患なら無罪だよ！」

レニは前向きだなあ。

けど、レニの言う通り無罪なら好都合だ。遠山さんも、髙さんも、黒ちゃんも——汚物も、全部ママの仕業だと思ってくれるなら都合がいい。せっかくなら先生も殺してほしかったんだけど、あの時はもうママのなかに夜坂くんがいなかったんだから仕方ない。

それは私の仕事だ。

私のなかの夜坂くんの仕事だ。

私は最強。

もう怖いものなんてなにもない。

だって私には、私のことが大好きな親友と、邪魔者は全部排除しちゃう最強のボディーガードがいるんだから。

「ああ、こんなところに！　だめですよ、勝手に歩き回っちゃ」

男の人の声がして私は慌ててドアから離れる。好奇心旺盛《おうせい》な女子高生のふりをして視線を上げると、ひょろ長のお兄さんが息を弾ませながら駆け寄ってきた。レニはさっと私の後ろに逃げ、夜坂くんは「なんだこいつ」って言わんばかりにちょっと怒った顔でひょろ長のお兄さんを睨《にら》んだ。

ひょろ長のお兄さんは、レニにも夜坂くんにも気づかない。

二人の存在は、私以外、誰も気づけない。

「さあ戻りましょう」

「それなに？」

ひょろ長のお兄さんはＡ４サイズの白い封筒を持っていた。盗み聞きしていたのがバレないよう歩きつつ、私は封筒をじっと見つめる。ひょろ長のお兄さんも封筒に視線を落とした。

「黒屋敷トオルさん宛《あ》てに郵便で届いたものです」

白い封筒の隅《すみ》には凹凸《おうとつ》で花の模様が浮かび上がっていた。「エンボス加工っていうんですよ」とひょろ長のお兄さんが教えてくれる。封筒のくせに高そうだ。

「郵便物を開封したらこの封筒が入ってて、いったん押収されてたんです」

そう言って封筒と小さなメッセージカードを差し出してきた。

黒ちゃん宛《あて》のメッセージは、印刷会社からのものだった。

《いつもお世話になっております。先日ご依頼いただいた悠久様のフォトブックができあがったのでお送りいたします》

「フォトブック？」

「事件と関係ないから君に渡しても問題ないだろうと思って持ってきたんです」

立ち止まって封筒の中を覗くと、銀の箔《はく》で縁取りされた薄い本が出てきた。薄い本に印刷されていたのはママと私が写った写真だった。ミカン畑の木漏れ日の中でママは笑顔を浮かべている。

「へえ、きれいに撮れてますね」

ひょろ長のお兄さんが感心する。高そうなカメラだったけど、どうやら黒ちゃんの腕もなかなかだったらしい。もっとも、被写体がいいからきれいに撮れて当然だ。とびきりかわいくおしゃれをしたママと私。それからレニ。

「レニが写真に写らないのが残念」

まあ仕方ない。レニはそういう体質なんだから。

「え？　なにか言いました？」

「お腹すいたー」

「あ、すみません。まだ朝ごはんも食べてませんね。じゃあ食べに行きましょう」

写真を見て私がママを恋しがると思ったんだろう。腫《は》れ物みたいに私を扱うひょろ長のお兄さんに、思わずくすりと笑う。

私が足を踏み出すと、レニと夜坂くんが当然のようについてくる。

私は最強。

私は無敵。

もう、誰がそばにいようとも怖くない。

廊下を歩く私たちの後ろに、もう一つ新たな気配が生まれる。

ママと買い物に行ったときに私を見張っていた気配と同じものだ。それが、一定の距離を保ちながら追ってくる。私は振り返り、迷いなく手を伸ばした。

形も定かではないもう一人の私に。

もう一人の私はちょっと戸惑うように近づいてきて、遠慮がちに私の指に触れた。すると、もう一人の私がふわりと崩れ、私にまとわりついてきた。

「わあ、新しいななちゃんだね！」
レニは嬉《うれ》しそうに手を叩いた。うん。新しい私だ。名前をつけてあげなくちゃ。
これで私はまた一つ強くなる。
怖いものなんて何一つ存在しない完璧な私になる。
そうだ。これから先はいらないものを全部なぎ払って進んでいこう。
私が私であるために。

参考文献

『もっと知りたい解離性障害　解離性同一性障害の心理療法』著・岡野憲一郎／松井浩子／加藤直子／久野美智子（星和書店）
『解離性障害のことがよくわかる本　影の気配におびえる病』監修・柴山雅俊（講談社）
『解離性障害－「うしろに誰かいる」の精神病理』著・柴山雅俊（筑摩書房）
『ぼくが13人の人生を生きるには身体がたりない。　解離性同一性障害の非日常な日常』著・haru（河出書房新社）
『実録　解離性障害のちぐはぐな日々　私の中のたくさんのワタシ』著・Tokin　解説・岡野憲一郎（合同出版）

※この作品はフィクションです。実在の人物・団体・事件などにはいっさい関係ありません。

集英社オレンジ文庫をお買い上げいただき、ありがとうございます。
ご意見・ご感想をお待ちしております。

●あて先
〒101-8050　東京都千代田区一ツ橋2-5-10
集英社オレンジ文庫編集部 気付
梨沙先生

集英社
オレンジ文庫

私のなかの殺人鬼

2025年2月24日　第1刷発行

著　者　梨沙
発行者　今井孝昭
発行所　株式会社集英社
〒101-8050東京都千代田区一ツ橋2-5-10
電話【編集部】03-3230-6352
【読者係】03-3230-6080
【販売部】03-3230-6393（書店専用）
印刷所　大日本印刷株式会社

ISBN 978-4-08-680603-9 C0193

集英社オレンジ文庫

鈴森丹子

ワケあっておチビと暮らしてます

不愛想男子・ゆらのもとに、おてんば4才児の
うたがやってきた。二人暮らしを始めるが…。
母の日、うたのワガママから事件が起きる!?

好評発売中

【電子書籍版も配信中　詳しくはこちら→http://ebooks.shueisha.co.jp/orange/】